ブレスレット

斉藤とみ

文芸社

ブレスレット　目次

鹿教湯《かけゆ》温泉

むかし

文殊菩薩が鹿に化身して湯の湧き出ているところを教えた！　と言い伝えられている鹿《か》教湯《けゆ》温泉は、長野県小県郡丸子町にあり、長野新幹線または、しなの鉄道の上田駅で下車して、駅前から出ている千曲《ちくま》バス・鹿教湯行きに乗るとよい。

バスは発車して約十分くらいのところで、信濃国分寺《しなのこくぶんじ》と国分寺資料館を右に見て進み、二十分ほどでしなの鉄道の大屋《おおや》駅前に出る。千曲川の橋を渡り、さらに千曲川の支流である依田《よだ》川の橋を渡って丸子温泉郷に向かって進んで行く。乗車して五十分くらいたった地点の右側に「独鈷山《とっこさん》登山口」の標識があり、手前の山の後ろに、その独鈷山が見え隠れしている。

この独鈷山の山並みを越えた向こうには、よく知られた別所温泉がある。

ここを通り過ぎると、バスは間もなく鹿教湯温泉郷に入って行く。

乗車からの所要時間は約一時間十分ほどで鹿教湯温泉病院前のバス停に到着する。その次が鹿教湯温泉のバス停である。

バスを降りた人々は、みなそれぞれのホテルや旅館などに向かうのだが、鹿教湯へ来たからには何はともあれ、まずは文殊菩薩様へお参りを！　と、バス停のそばの十字路を左に曲がって参拝に行く人も見受けられる。

五台橋
撮影：阿井　武
（タマフォート・スタジオアイ）

左に曲がって二分も歩かないうちに、道は急な坂となり、渓流・内村川《うちむら》に掛かった、珍しい屋根付きの橋〝五台橋《ごだいきょう》〟が目に飛び込んでくる。

この急な坂は［湯坂《ゆさか》］というが、以前は［中気坂《ちゅうき》］として広く知られていた。中気という言葉は差別用語とされ、現在ではその名は消えている。それに現在は中気という言葉の意味すら「なんだかわからない」という人のほうが増えてきている。昔は医療体制が整っていなかったために、脳梗塞や脳血栓などを患うと後遺症が著しく遺《のこ》ってしまい、半身不随や歩行困難、寝たきりの生活から一生抜け出せなかった。運動失調を起こすパーキンソン病なども含めて、身体が不自由になってしまう病気はみな一纏《ひとまと》めにして中気といわれてしまい、とても恐れられていた。一時代前までは、『冬至にカボチャを食べれば中気にならない』とか、『中気にならないオマジナイ』『中気にならないお灸』などというものにも縋って生きていた。

鹿教湯温泉は、そうした病に非常に効能がある！　ということが知れ渡り、『行く時には杖を突いて行ったが、帰りには杖要らずになって帰れる』などの評判が次第に高まったのだそうだ。

その後、温泉街のほぼ中央に鹿教湯温泉病院が創設され、立派なリハビリ病棟も有し、さらに平成十二年三月完成の大増築によって、より多くの人々の治療や、社会復帰になおいっそうの貢献を果たしていくことになるだろう。

鹿教湯の湯坂という坂道は、人々の病の歴史を背負い、回復への祈りを込めた一歩、一歩が今もなお踏みしめられている坂の道なのである。

湯坂の右側の斜面に添って、［鹿教湯紀行　詩歌掲示板］というものが設けられてあり、そこに下げられているたくさんの木札のなかには、

今日の日を　幾年の
心のままに　病ぞにくし
生いっぱい　今日の雨

名古屋市
故人
……作

※ 以下無断で掲載することをお許し下さい。

ご住所が書いてありませんのでご諒解をいただく術もなく、お名前のご記入がありました方につきましては、ご迷惑になりませんようにお名前は……にして伏せさせていただきました。

お書きになられましたお志を尊重し、一部差別的表現がございますが、［すべて原文のまま］登載させていただきました。

心病む子連れの旅や春浅

東京　………

五台橋渡りて祈る文殊堂

埼玉県　妻沼町　………

米寿にて逝きにし人を偲びつつ
元湯の坂を一人下りぬ

落とし文拾いに来ました鹿教の湯に
青葉若葉の燃え立つ橋に

よき人の出逢いもとめて又いかむ
鹿教湯の宿は蟬しぐれたる

病む身体心までわと願いつつ
ビッコ引き引き雪解けの坂

悪いことも辛いことも

横浜 ………

永遠には続かない
リハビリ中　長野県……

日本のマディソン郡だね
五台橋
……

テニアンへ墓参に行けど兄あわれ
我が身の幸せ兄呉れ給しか
平成十年六月二十九日……

親子四人（孫一人）
近い内に又来ます

そめ
会いに来てよかった
………

五十年へた青春につなぐ夢
淡き恋路のいでゆたずねて

十年六月十九日
………

恋こがれ今………に立つ五台橋
すぎし歳月唯いと惜しむ

うちのまる
ここにこれると
いいのにな

などと、いずれも素朴な筆跡で書き表されているからこそ、立ち止まって読む人々の心を打つ。

この掲示板の左下に見える〝五台橋〟は、中国山西省の北東部にある山の名、五台山からとったものと聞いている。山は五峰あり、最高峰は三〇五八メートルで、峨眉山《がびさん》・天台山とともに中国仏教三大霊場の一つとなっており、チベット仏教の寺院もあり、文殊寺もあるという。

五台橋は木の橋で、古いためか所々に隙間が生じ下を流れる内村川の動きが垣間《かいま》見える。橋の上の両側には木製のベンチが並べて置いてあり、リハビリに励んでいる方々にもひと休みしていただくことができる。

五台橋を渡って見上げる急斜面の左上に、長野県宝の〝文殊堂〟がある。

昭和六十三年八月十八日、長野県宝の指定を受けた文殊堂は、行基《ぎょうき》の弟子園行《えんぎょう》が創立したと伝えられており、元禄十四年（一七〇一年）に着工し、宝永六年（一七〇九年）に完成したということがわかっているそうだ。屋根は銅板ぶき（かつては、こけらぶき）の入母屋《いりもや》造りで、正面中央の向拝《こうはい》（登り口で拝む所）付近や四囲の欄間《らんま》などに多くの彫刻が施され、また柱の組ものなどは鮮やかな色に塗られており、天井にも絵が描かれた装飾豊かな建物が古色を帯びて鹿教湯の名所として健在している。

五台橋から文殊堂に行くには、いずれも急な石段が三ヵ所にあるが、この急階段を上りきれない方は、左手の緩やかな坂道を川沿いに、ゆっくりと歩いて行くとよい。鉄製の手すりもついているから二～三分で、文殊堂の見える境内に入って行ける。

毎朝七時に境内の鐘楼で打ち鳴らされる梵鐘の音は、鹿教湯温泉中に厳かに響き渡って鹿教湯の朝を清めている。

鐘の音

「あのー、もし、お人違いでしたら大変申し訳ございませんが、もしかして、飯泉《いいいずみ》さん、飯泉絹子さん？　ではございませんか？」

「えっ？……？……」

「お人違いだったでしょうか、申し訳ありませんでした」

と、慎み深く話しかけてきた七十歳くらいの男の人が、絹子の腰掛けているベンチの右脇に静かに腰を下ろした。

見るとはなしに見てしまったその男性の左手の指を見て、絹子は思わず、

「榎原さん？　榎原明さん！　明さんですね」

二人は同時に、

「お久しぶりです」と言い合い、

「何年ぶり、でしょうか?」と聞く絹子に、榎原はただちに、

「四十八年ぶりです」と、答えた。

「お別れしたのが昭和二十六年でしたわ。あれから四十八年もねえ……。それなのに、明さん、よく私がおわかりになりましたわね」

「ええ、最初は人違いだな。うん、やっぱり人違いだ、と思いました。けど、どうしても、いやあ、これは人違いではないぞっ! と思えたので後はもう真剣勝負!」

「まあ、それは大変でしたわね」

「絹子さん、先ほど、一度ここから帰られたでしょう? 帰ってしまったら大変! と思いましたからそうっと後をつけました。つまり、尾行です。生まれて初めて尾行っていうのを体験しました」

鹿教湯温泉、五台橋のベンチで絹子と明の二人は奇しくも四十八年ぶりに再会した。

「明さんは、どうしてこの鹿教湯へ?」

「あの川口の会社が倒産して、解散する直前に僕は退職して国鉄に行ってしまったでしょう。そのときの同時入社、あっ、入社っていうのはおかしいかな。当時はまだJRではなかったから」

「そうですね。まだ国有鉄道でしたものね」

「ま、わかりやすく同時入社としておきますか。一緒に面接試験を受けて同時に採用された面々との付き合いが深く、いまだに何かといっては集まっているのです」

「OB会ですね」

「そうですね。その仲間の一人に、信州大を出たのがおりまして、『今度はぜひ長野に来てくれ』と言うものですから、昨日はその友人の案内で軽井沢方面を歩いてきて、昨夜はここ鹿教湯温泉のホテルに泊まりました」

「ホテルとおっしゃると、クアハウスに近い所のホテルですか?」

「そうです。よくご存知ですね」

「当てずっぽうよ。大体の想像なの。私、この鹿教湯が大好きで、ときどき一人で保養に来るんです。通算すると昨夜で五十六泊め。そして大好きなこの五台橋でいろいろな瞑想をして楽しんでいますの。『一人で一週間も十日間もよくいられますね』ってみんなに言われますけど、ちっとも寂しいとか、退屈したりとかはありませんの。スケッチをしたり散歩をしたり、それでクアハウス辺りもよく歩いていますから」

「絹子さんは〝鹿之屋《しかのや》旅館〟さんですよね」

「あらまっ！　よくご存知ですこと」

「尾行！　尾行！」

二人は声を出して笑い合った。

「ＯＢ会でいらっしゃったのに、明さん、どうしてお一人だけでここにいらっしゃるのですか？」

「実は今朝、みんなと一緒に出掛けようとしたら、フラフラーっと眩暈《めまい》がして、みんなに『顔色も少し悪いようだから無理しないで、ホテルで休んでいたほうがいいよ』と言われて居残ったのです」

「血圧高いのですか？」

「いいや、普通です」

「どうなさったのでしょうね」

「昨夜寝たのが一時頃だったから、睡眠不足のせいかもしれません。段々、ちょっとしたことにも影響されてしまう年齢になってきましたね」

「お体お大事になさってくださいね。あの頃は若かったのねぇ。一日の勤務が終わった後、最終列車に乗って、降り立った駅はまだ真っ暗。懐中電灯点けて三ツ峠や赤城山などに休みもせずに登っても平気でしたもの。憶えていらっしゃいます？　大島へ行ったときのこと」

「忘れるはずはないでしょう。僕の大事な日です」

「ごめんなさい」

絹子は、軽く質問してしまったことを明に詫びた。そして、涙をいっぱいに湛えた目で、明の目を見つめていたが、また、もう一度静かに、

「ごめんなさい」と言い直して頭を下げた。

「船のデッキで、あなたは泣いていましたね」

「………」

「そうだっ！　あのときだ。デッキは風が強くて、あなたの前髪が風に吹き上げられて広い額《ひたい》がよく見えていた。そうだ、そうだ。さっき、もしかして絹子さんではないかな？と思ったのは、あのときの絹子さんの額が電撃的に閃いて見えたからだ。しかし不思議なものですね。こんなに長い間、僕の頭のなかの何処《どこ》かにインプットされていたとはなぁ……」

「ありがとうございました」

「あのときは海の風。現在は谿《たに》の風。……そして大島航路の船の上と、五台橋の橋の上。いずれも水の上だ。これらが見事な回路となってつながったのだ」

「明さんの素晴らしいコンピュータのおかげですわ。それと、今朝のお天気のせいでもありますわ」

「えっ、お天気のせい？」

「今朝は曇っていたでしょう。ですから宿を出るとき帽子をかぶらないで出掛けたんです。もし、今のように帽子を朝からかぶっていたら、このおでこ隠れていましたわ。そしたら明さんに発見されていなかったでしょうね。良かったわぁ、今朝は曇りで……」

「あぁ、それでですか」

「私、先月の十五日に目の手術をしましたの。それで、体調慣らしのためにここへ保養に来ているんです」

「目は、白内障の手術ですか?」

「いいえ。もうすこし重いの」

と、言ってそれ以上のことは明に話そうとはしなかった。

「そういえば、今は快晴ですね」

「先ほど、段々晴れてきたので目の用心のために宿に戻って、この帽子と、それに眼鏡もサングラスに取り替えてきましたから」

「そのとき、僕が尾行した」

「当たりです。ねえ明さん、最初、私の前を何回も行ったり来たりなさいませんでした?」

「だって、声をかけようか、かけまいかと散々迷っていたから。でも、しかし、どうして行ったり来たりしていたことがわかったのですか?　あなたは下を向いたまま目をつぶっていた様子でしたけど？」

「いいえ、ちょっとだけ薄目を開けていましたの。それはね、ほーら、この靴！」

と言いながら、絹子は両脚を揃えて少し持ち上げてみせた。

「明さんのと、私のと、同じメーカーの女性用と男性用でしょ。H社の同じ靴。あっ、同じ靴履いてる！　と思って見ていたら通り過ぎて行ってしまって、またすぐに引き返して来るんですもの、とても気になりましたわ」

「これは驚いたなぁー。同じ靴だ。しかし、そんな観察をしていたとは気づかなかった」

「この靴が私たちを会わせようとして自然に足を運ばせてくれていたのかしら？……これは〝偶然の五重の塔〟だわ」

「五重の塔って？」

「はい、偶然の一つ目は、朝のうち曇っていたために私が帽子をかぶらずにいたことでしょ。二つ目は、今朝明さんが何故かフラフラーっと眩暈がしてOB会のみなさんとご一緒できなかったこと。三つ目は、私の目の手術日のことなの。専門担当医のご都合で手術日が早まって、先月手術が済んでしまったでしょう、本当なら手術は秋になる予定でしたの。

秋だったら今こうしてここには来ていませんもの。これもとっても不思議な巡り合わせ」

「そういえば、僕たちの今回の旅行もそうだな。全員揃える日っていうのがなかなか設定できなくてね。『病院に検査予約入れちゃった』とか、『法事』だの『趣味の陶芸の日』だの『孫のピアノの発表会が間に入るからその日では駄目』だのと、それはもう諸々の事情をクリアして、今回の二泊三日の旅行が急にバタバタっと決まったんです」

「それでは、その偶然が四つ目ね。そして五つ目はなんといってもこのお揃いの靴ですね。これは奇跡としか言いようがないくらい！　だって眩暈を起こしてホテルで休んでいなくてはいけないはずの方が、こうして靴を履いて五台橋まで歩いて来てしまったんですもの。そしてこんなに不思議なことが起きたのですから、あまりの素晴らしさに私の賛辞が〝偶然の五重の塔〟って表現してしまいました」

「そうかあ。何かの神様が、どこかでいたずら笑いをしながら私たちに偶然！　偶然！と偶然の積み重ねをしていてくださったんだ」

「不思議ですねえ」

「まったく不思議なことだ」

「あっ！　明さんっ、大変！　神様ではないわっ。だってここは、文殊菩薩様の五台橋よっ。これは絶対に〝文殊菩薩様〟のお導きですわ。ねっ、急いで、早くお参りに行きましょう」

二人は、パッとベンチから腰を上げた。

歩きながら絹子は、

「私、勝手にここの石段に、A階段、B階段なんて名前をつけているんですけど、今日は真ん中のツクバネ階段から行きましょう」

「ツクバネ階段？　何？　それは」

「階段の途中に、ツクバネっていう木が生えているの。ほうらね、これがそのツクバネの木なの。ビャクダン科の落葉低木で、根っこは他の木に半分寄生しているそうですわ。こういう植物の世界でもいろいろな事情があるのねえ。

この果実の形がお正月の羽根突きの羽根に似ているでしょう？　それでツクバネっていう名前がついたそうなの。とっても珍しい木なので見つけたときは嬉しかったわ。スケッチもしておきました」

などと話をしながら上がって行くうちに、すぐ目の前の左側に文殊堂が見えてきた。

「明さん、ここが文殊様」

二人は一緒に並んで敬虔な祈りを捧げた。


「絹子さん、随分長くお祈りしていたけど、どんなことを祈ったの？」

「最初は、明さんに会わせてくださいまして本当にありがとうございました。って何回も何回もお礼を申し上げて、その次は、他のみなさんも私たちのように、昔……だった人同士があの五台橋の上で偶然に巡り会うことができますようにって」

「そうだね、僕たちだけでは申し訳ないものね。だけど、その昔……だった人って何ですか？　何だかムニャムニャーっとしていてよく聞こえなかったんだけど、何なの？　はっきり聞きたいんだけど」

「ええっ、いやだわー。明さん意地悪しないでください」

絹子は明の後ろに回り、

「明さん、もう一時を過ぎましたわ。どこかでお食事でもしましょう」

「はぐらかされてしまったな。このお返事はまた必ずお聞きしますよ」

「あのね、あの寺務所の左側に湧水場所があるでしょう、その向こうにベンチが見えるでしょう、あのベンチにも名前をつけてしまったの。笑わないでね。桃ベンチっていうの」

「よく名前をつけますね」

「そうなの、名付け趣味。私、一人旅に出るようになってから、行った所、行った所に私だけの、こだわりを持った名前をつけては思い出のひとつにしているの。その旅に出たときの自分の心に押す、記念のスタンプみたいなものとして……」

「………」

「あの桃ベンチはね、蜜のしたたる大きい桃を買って来て、いつもあのベンチでいただくからなの。桃はあそこでいただくのが一番美味しいわ」

「まるで、目黒の秋刀魚《さんま》だね」

「それから、境内広場のほーら、川に一番近い所のあのブランコがジャコン・ブランコ」

「ジャコン？　これはまた難解だ」

「ジャコンっていうのはね、『蛇来ない！』っていう意味。私、蛇が大っ嫌い！　この辺りでもときどき見かけることがありますの。持って来た本をあのブランコに乗って安心して読み耽っていられますから……だって蛇はブランコには乗りに来ないでしょ」

「そうだろうね」

「その点、五台橋も安心なの。まだ一回も蛇が橋を渡っているところは見たことがありませんもの」

「だからいつも今日のように瞑想をしているんだね」

「はい」

二人の会話はつい二～三時間前に会ったばかりとは思えないほど、昔の調子を取り戻していた。

「明さん、あれが文殊様の鐘楼。毎朝七時にゴーン、ゴーンと鐘をついているのですけど、今朝の鐘の音お聞きになったかしら？」

「いいや、聞いてない。夕べ遅く寝たから七時頃はまだ全員眠っていましたね。なにしろ朝食コールで驚いて目が覚めた状態だったから」

「それでは、明日の朝は必ず鐘の音を聞いていてください。

今、明さんがこの鐘の音を、身近な場所で私と一緒に聞いている！　同じ所で同じ朝を迎えている！

と思うと、これから先は、ずうーっと幸せになれそうですから……。

これが先ほどのムニャムニャーのお答えなのですけど、よろしいかしら？」

「会えて良かった」

と、明が答えた。

結び目

［ホタル発生地　六月中旬～七月中旬　鹿教湯温泉観光協会］の札が下がっているみどり橋という橋を渡って、坂を下りた所にある〝たわらや〟という蕎麦店に入って、遅くなった昼食を摂った二人は、名匠ご指定泰平堂（陶器店）さんの前を通り、鹿教湯温泉病院の前を歩きながら、

「明さん、これから、トリミイロードという所に行ってみません？」

「僕は、鹿教湯は初めてだから絹子さんにおまかせします」

ということになり、病院の裏側に回って行った。

右手のほうが温泉病院の病棟で、左手のほうが同じく病院のボイラー室になっている急

な坂道を、逆〝く〟の字に登って行くのだがなかなかきつい坂なので、絹子はここを登るときにはいつも、「なんだ坂、こんな坂、なんだ坂、こんな坂」と声を出して自分を激励しながら、一歩一歩しっかりと踏み締めながら登っていた。最初に登ったときは、誰もいない薄暗い道の左右には草が生い茂り、まるでジャングルのようになっている雑木の山に向かって上がって行くのが恐かったが、やがて、逆〝く〟の字なりに道が左に折れると［鹿教湯温泉トリミイロード］となって視界が開けていた。

今日もまた、昔、蒸気機関車が急な山道を喘ぎながら登ったときの情景が目に浮かんできて、

「なんだ坂、こんな坂、なんだ坂、こんな坂」と口に出してしまった。

すると明は、すかさず、

「碓氷峠《うすい》」と言った。

絹子はそれに対して、すぐに、

「アプト式」と返した。

明は、

「アプト式かぁ、懐かしいなぁ。元、信越線の横川、軽井沢間の碓氷峠は国鉄随一の急勾配の難所で二本のレールの中央に歯形を刻んだレールを敷き、それに動力車の歯車を噛み合わさせ、滑り落ちない仕組みにして列車を上り下りさせたものだった。

スイスのアプトという人が発明したもので、スイスやドイツの登山鉄道に採用されていたのを碓氷峠に一八九三年に採り入れたものだった。

これで上野~軽井沢~長野~直江津間が全通して本州を横断する鉄道が完成したんだね。その後技術が進歩して、粘着式運転で勾配に挑むことができるようになったため、一九六三年にアプト式は廃止された」

元、国鉄マンの明の記憶は明快だった。

「アプトって何なんだろう？　と思っていましたけど、発明した人の名前だったのですね」

そんな話をしながら歩いているうちにベンチを見つけた明が、あそこでひと休みしましょうと言うので絹子も一緒に腰を下ろした。

実はこのベンチ、絹子が初めてこのトリミイロードに来たときに、大っ嫌いな蛇がベンチの後ろ脚に遅慢な動きをしながら巻きついていくのを見てしまっていたため、いまだ一度も腰を掛けたことがないベンチなのだが、そのことは明には黙っていた。

明が、

「碓氷峠にはアプト式かぁ……。僕の人生の勾配もきつかったなぁ……」

と言って大きな溜め息をついた後、何かを思い起こしているのか、何も言わずに押し黙ったままになってしまった。

その横で絹子も（私の人生もそうだったのよ！）という思いに襲われ始めた。


夫の塚越と結婚して、この結婚は大失敗だった！　と驚愕の日々が始まったのが結婚してわずか九日目だった。

それからが大変だった。絹子とは何事にもあまりにも視点が違い過ぎている塚越は、男は強くあればよい、女は優しくあればよい、の法則でこの世は回るのだと決め込んでいた。

妻は如何《いか》なるときにも夫に従順に従うものなのだっ！　に凝り固まっている人であった。夫婦で楽しく甘い会話をすることなんぞは軟弱者のすることだ、という思考の持ち主で、大正生まれの硬骨漢ぶりを自画自賛していた。

もっとも許せなかったことは、自分の生家自慢、先祖自慢をしては絹子の両親や姉たちとたびたび比較することだった。それにもまして、「扶養家族のクセに、生意気なことを言うなっ」を決め言葉に使って、意気揚々とする態度は許せなかった。

絹子が風邪をひいて寝込んだとき、塚越は「だらしがないから風邪なんかひくんだ」と言っただけだった。「おなかが痛い」と言ったときには、「また、何か食い過ぎたんだろう」というおぞましい言葉を浴びせた。

(あーぁいやだっ！　またもや思い出してしまったぁ！)

絹子は弾けるようにベンチから立ち上がり、やにわに走り出してしまった。(走りながら数々のおぞましい憑き物は振り落としてしまおう)とする思いが、強く噴出してしまったのだった。

いやだっ、いやだっ、と首を左右に激しく振りながら、それに塵でも払うようなゼスチャーまでしながら、とうとうトリミイロードの終わりの地点まで走って来てしまっていた。

有志の方々の土地のご提供により拓かれたと聞いているトリミイロードも、この先はぐっと細い道になり、小さな権現堂が祀られている。

絹子は渦を巻いて襲ってきたことすべてを振り切ってしまおう！　と衝動的に一気に走り出してしまったが、当然明も後から追《っ》いて来るものと思い込んで待っていた。

しかし、明がなかなか現れて来ないので訝しく思った絹子が引き返してみると、明はまだ先ほどのベンチの所におり、呆然として、やっと立っている様子なのだ。

「明さんっ、どうなさったの？」「明さんっ、蛇でも出たの？」と駆け寄った。

明は、

「バカっ」と絹子を叱って、ハッとして我に返ったようだった。

昔お付き合いをしていた頃だって、「バカっ」なんて言葉は間違っても使うような人ではなかったから、何か余程重大なことが起きたらしい。

「また眩暈でも起きたのですか？」と聞くと、

「あなたが、あの山の中に吸い込まれてしまって姿が見えなくなってしまったんだ。まるで映画のワンシーンのようだった」と言って右側の山を指差した。

絹子はびっくりして明の顔を凝視した。

「せっかく四十八年ぶりに巡り会えたというのに、あなたはまた、僕の前から消えていなくなってしまったんだ。本当に見えなくなってしまったんだ。

これは、ひょっとすると今朝の眩暈がうんと重くてそのまま眠ったままになってしまい、あなたに逢った〝夢〟をみていたのかな？　と思ったりもしていた」

「そうだったのですか。急に駆け出してしまった私がいけなかったのですわ。それにこんなハンカチまでヒラヒラ振ったりしてしまって、本当にごめんなさい」

明の目にすーっと光るものが走った。

絹子もともに泣けてきた。

「ねえ明さん、どの辺りで私が見えなくなってしまったんですか？」

「うーん、はっきりは思いつかないが、あの左側にある水色のフェンスの辺りでかな？」

「あーそうだったのですか。このロード、あの辺りから少ーし右にカーブしているでしょう？　あの辺で私、山寄りになって走ってしまったのかもしれません。ねっ、このベンチからですと山寄りのほうはカーブに視界が遮られて見えなくなってしまいますもの。きっとそうだわ。そうだったのよ。決して神隠しでも、山隠しでもなかったのよ。私たちあまりにも不思議な出会いをしましたから、夢か、幻想か、と脳のなかがきっとてんてこ舞いを起こしているのですわ」

「だけど、絹子さんはどうしてあんなに突然走り出して、急に行ってしまったの？」

「大本はそれね。ごめんなさい。あんな奇行をしてしまって！　恥ずかしいわ。今までの出来事がどっと押し寄せて来てしまって、つまり私にとっての〝碓氷峠〟なのですけど……、それらを一気に振り切ろうとして体がいきなり動いてしまったの。びっくりなさったでしょう？　いきなりですものね」

「僕は、絹子さんは塚越さんとお幸せになられたんだとばかり思っていました」

「…………」

絹子は、堰を切ったように切なくなってくる心をやっと抑えて、

「明さんの難所越えのアプト式は何でしたか？」と聞いてみた。

「うん、まず僕の父親だね。それに二人の兄貴たち。父が存命中だったときは気づかなかったけど、亡くなってみると父にどれだけ心配をかけ通したことか、と気がつきました」

「お宅へお伺いしたとき、お父様にもお会いしています。お父様はいつ頃お亡くなりにな

ったのですか?」

「昭和三十六年です。僕がすっかり落ち着いたのを見届けてから逝った! って感じでしたね。終戦のとき、樺太から引き揚げの最中に母を亡くした僕たちを見守ってくれていたのに、生きていたときは感謝など何の気も起こさず、かえって、なんで樺太なんかに渡ったんだっ、なんて恨んでいましたけど、歳古ごとに、我が父らしく私をリードしてくれていたんだ、としみじみ思えるようになりました。父親が僕の最大の〝アプト式〟かもしれません。

国鉄に入るとき、面接官に、

『君、その指の包帯をこの場でとってみろっ』『とれるか?』

とみんながいる所で言われたとき、『全裸になってみろ』って言われるよりも恥ずかしかった。屈辱にまみれた」

明はここで絶句してしまった。

絹子の目に涙が溢れ、とどまることなしに頰につたわる。

「その後、『君のお父上と私は師範学校の同期生でね。お父上が樺太に赴任して行ったことも知っている。お父上は身を削って君を案じておられる。国鉄の勤務はシビアだよ。生半可な気持ちで入ってこられたら迷惑だ。その意味わかるだろう』と言われて、僕はその場で包帯を外した。

それで結果は、採用されたんだが、新しい職場に配属される度に周りの目が指に集中しているのを感じ、鬱状態が続いた。仕事ぶりで他人より上になろうと背伸びばかりしていたから、家に帰るとその反動がひどくて、障子を蹴破ったり、父の作る食事を拒否したり、ま、今でいう〝家庭内暴力〟っていうのでしょうね。

一日の勤務が終わって川口駅に降り立つと、僕は自分自身が掌を返したように別人格になっていくのがわかっていた。それを二人の兄貴が、互角に受けてくれたんです。兄たちに冷静に諭されていたら、きっと僕の今日はなかったでしょうね。家が壊れるような騒ぎを男三人で繰り返しました。母が生きていたらまた別な展開をしていたでしょうけど……。

そんな状態を観察していた父がある日僕に、『仕事も厳しくて大変だろうが、勤務が終わった後、大学に通ってみたらどうかな?』『これからは、夜に日に技術が進歩していく。新しいことの学問が必要だ』と静かに僕を説得した。さすが教育者だった父ですね。機会を見ていたのですね。父の策略だったのかもしれませんが、僕は二部の大学に、無我夢中になって通い出しました。これはハードでした。だから他人の目なんか気にしている暇もなくなりましたね」

「そうだったんですか。先ほど、『絹子さんがまた僕の前から消えてしまった』〝また〟っておっしゃったのが気になっていたのですけど、そういう状態でいらしたとは知らず、随分ご連絡していたんですけど、お返事なし！　が続いて、とうとう音信不通になってしまいましたの。私は、私の前から消えてしまったのは明さんのほうではありませんか！　って申し上げたかった。だって……大島から帰る船の上で、『これからは、こうしてみんなと一緒ではなく、二人だけで会っていただけませんか？　結婚を前提としてです』って明さんおっしゃったのよ。とっても嬉しくて泣いてしまったのに……。

あの大島行きは、明さんが会社を辞める送別会の旅行でしたものね。それから半月もたたないうちにプッツリと連絡が途絶えてしまいました。ねぇ、どうしてでしたの？　国鉄の勤務がハードだっただけではない、もっと他に何かの理由があったのではないのですか？　だってあんなに節度を守って、きちんとしていた明さんが、私を避けてしまうはずはあり得ませんでしたもの」

「困ったなぁー」

言ってしまおうか、言わずにおこうか、と逡巡していた明が意を決したように、

「塚越さんが、あなたを愛していることを知ったからでした」

「えーっ！」

絹子は声が出なくなってしまった。

「塚越さんは僕よりも歳上ですし、僕があの会社を辞める理由をつくった問題の後、総指揮を取ってくださいましたから、義理が生じました」

「男の美学だったのですか」

四十八年という歳月は、いまさら引き寄せることも、戻ることも不可能なのだ。

真実を隠したまま膨大な時間が流れ去ってしまっていた。

しかし、それにしても、それにしても……。

「私、明さんにどうしてもお会いしたくて、お家に三度ほど伺いましたのよ。お手紙もお父様にお託《ことづ》けしたりして……、間に入って、あのご誠実なお父様が随分お困りになってい

らしたことでしょうね。私は明さんのお父様、大好きでした。四十八年っていえば約半世紀ですものね。長ーい、長ーい、歳月が流れてしまいました。お父様はどこにお眠りなのですか?」

「大宮の霊園です。長兄夫婦も一緒です」

「今度お墓参りをさせてください。明さんに再会して氷解しました。ってご報告したいの」

「父は、『いずれはみんな土の下に眠るのだ。母さんを寂しがらせないようにしような』と言って、兄弟全員が入れる大きな墓にしておいてくれました」

絹子は膝の上にハンカチを広げて、スカーフをたたむときのように斜めに細長く折りたたみながら明の話を聞いていた。

「僕たちにはもう時間がなくなった」

絹子は思わずギクっとして、

「今日の時間が? それとも、これからの時間という意味?」

「両方とも」と明が答えた。

絹子に何か言い知れない、いやーな予感が走った。

「明さん、そのハンカチーフ、ちょっと貸してくださらない？」

と言って明がずーっと握りしめていたハンカチを絹子のハンカチの上にのせ、同じように斜めにたたたんでいった。そして二枚のハンカチの両端をしっかりと固結びに結んでしまい、ハンカチの輪を作ってしまった。

「明さん、これ、私の今の気持ち。お互いに結び目をしっかり持ち合って、美味しいコーヒーがいただける所まで歩いて行きましょう」

絹子は明をうながしてベンチから立ち上がった。

明の掌のなかにも、絹子の掌のなかにも、同じ結び目の感触が伝わり通い合って、再会そして別れへの時間が迫る道を歩き出した。

コーヒー

トリミイロードは片側が山で、上《あ》がって来た分の傾斜の下には温泉旅館、民家、商家などが見渡せ、片側の桜の並木がそれを仕切っている。

七月の初め、絹子がロードに上がって来たとき、桜並木の下でせっせと草刈りに精を出している一人のご老人に出会った。

桜はすっかり葉色も濃くなり、盛夏を待てず夏草が茂り始めている傍らに大きな竹製の目の粗い背負い籠が置いてあり、すでに刈り取られた草がいっぱいに詰まっていた。

癒しの旅に来ている絹子にとって、草を刈り取る音、匂い、それはみな悉く懐かしく、幼児の頃に見ていた祖父母の姿と重なる遠い昔の原風景であった。

「ご精がでますね。きれいにしていただいて……、ここの土地のお方ですか？」

と声をかけて労ったところ、

「私かね、私はあそこに見える、鹿之屋のおじいちゃんだよ」

と、腰を伸ばして名乗り、右下のほうに見える〝鹿之屋旅館〟の屋根を指差した。

以来、なんとも家庭的な接客ぶりが心地よくて絹子はいつもお世話になっている。

「明さん、通りに出るわ」

と言って明の手からハンカチを離させた。

「この通りを右に行けば、すぐに鹿之屋さん。左のほうは先ほど通って来た、お蕎麦屋さんからの道。ここを横断して近道しましょう」

と言って細い道を選んだ。

絹子は鹿教湯に来る度、必ず一度は訪れて美味しいコーヒーを堪能させてもらっている、斎藤ホテルさんの〝休処・渓泉〟に駐車場のほうから入って行った。

「コーヒー二ついただけますか」

とフロントに頼み、時計を見た。（あと三十分だけ）、と心に決めて、内村川の渓谷を挟んだ向かい側の、緑の山が良く見える席に明と並んで腰を下ろした。明に景観を見せたいのと、向かい合って座ってしまえば、別れの顔を見合わせることになってしまうので、それを避けたいためでもあった。

対処する絹子の心の整理はまだついていない。明も同じなのかもしれない。両端を固く結んだハンカチに目を落としたままのようだ。その時間のやり場に困ったらしい明が、

「塚越さんは、お元気なのですか？」と聞いてきた。

「えっ？　塚越？　もう七十八歳ですから、大分あちこちにガタがきています。スギタ病ですわ」

「スギタ病って？」

「ええ、お酒を呑み過ぎた、たばこを吸い過ぎた、脂っこいもの食べ過ぎた、怒り過ぎた、思いやりがなさ過ぎた。それで私がつけた病名がスギタ（過ぎた）病！　なの。世にいう成人病の見本市みたいになってしまっています。今は、生活習慣病とか呼ぶようになったようですけど」

「それでは、あなたがこうして出掛けている留守中は？　子供さんたちが？」

「いいえ、子供は一人も産みませんでした」

こういうとき、普通は（おりませんの）とか、（子供はできませんでした）とか言うのだろうな。「一人も産みませんでした」という答えは、少々奇異に感じられるかもしれなかったな、と戸惑ったところへタイミングよくコーヒーが運ばれてきた。

二人はともにカップを上げ、乾杯のような形をしてからコーヒーを一口、口にした。なにしろ、このコーヒーを飲み干したら、別れの時刻《とき》がくる事態を二人とも恐れ合いながら、言葉もなく窓の外の景観を眺めだした。

絹子はせっかくの二人の貴重な時間に、夫・塚越の片鱗すら持ち込みたくなかった。

「明さん、私にこの結んだハンカチーフくださいませんか？　今日の記念にぜひいただかせて欲しいの。いただいてしまったらご不自由でしょうから、その分をこれで」と言って、ポシェットからきっちりとアイロンのかかった白いハンカチを取り出した。

「真っ白ですからご迷惑にはならないでしょう」と言って、トリミイロードから手と手につないで持ってきた二人のハンカチをポシェットに収めてしまった。

「私、五台橋からの道で『では、それが偶然の四つ目ね』と申し上げたでしょう？　本当はね、今日は松本に出掛ける予定でしたの。松本が好きで、この鹿教湯にいる間じゅうに大抵一〜二回は出掛けておりますの。でも今朝はなんだか気が進まなくなって……」

「えーっ、松本行きを取り止めて、五台橋に座っていたのですか。僕も友人たちと松本に行く予定だった」

「まぁーそうだったのですか。それを二人とも、行かずに五台橋に行ってしまっていたのね。でき過ぎていて、まるで嘘のような本当の話。こういう話ってまるで小説か何かみたい」

「松本城と日本民族資料館を観て、女鳥羽《めとば》川付近の食事処で旨い昼食をとりながらゆっくりしてこよう。というのが今日のスケジュールでした」

「私、松本にもいっぱいこだわりの場所を設けていますの。まずこれはなんといっても松本城ですけど、松本城とお話する場所が決めてあるの。その場所でお城に対峙していると、築城に携わった人々のパワーやエネルギーが私を叱咤し、激励までしてくださるのです。すごいスポット！　あと、好きな所は松本駅。松本駅はほんとにいいのよ。駅の二階の待合室からアルプスの峰々が眺められるし、そのほかには六番線のホーム」

「六番線ていえば、本線ではないね」

「はい、大糸線《おおいと》です」

「松本から穂高、そして白馬村を抜けて小谷《おたり》村を通り、新潟の糸魚川《いといがわ》まで行く線だ。六番線がどうして好きなの？」

「この説明はちょっと長くなりますから……」と言って絹子は時計を見た。

「絹子さん、明日、二人で松本へ行こう！」と明が言い切った。

絹子は思いがけない展開に目を見張った。

「お友達のほうはよろしいのですか？」

「なんとかする」

「もう一日こうしていられるのね。夢だったら覚めませんように」

二人は外に出て、もう一度五台橋を渡り文殊堂にお参りをし、明日に続いた楽しみを胸に抱きながら右と左に別れて行った。

絹子は大急ぎで明の背中に声をかけた。

「明さん！　明日の朝七時の鐘！　聞いててくださいね！」

明は右手を高く上げ、ゆっくりと振りながら遠ざかって行った。

松本行き九時四十二分

松本行きの約束、本当に実現するのだろうか?

「眩暈を心配してくれていた友人たちに申し訳なくて、やっぱり松本には行けなくなった」という電話が朝になって入ってくる可能性だってある。

いいえ、明さんは必ず来てくださる。と、強く肯定してみたりもするが、来る! 来られない! とが入り混じり、〝不安〟が募りだすと止めどもなく、話に夢中になったあまり、お互いの住所・電話番号の交換もまだしていなかったことへの後悔がどんどん膨らむばかりとなった夜が、ようやく明けてきた。

カーテンを開けて時計を見ると五時だった。

もう五時！　と、まだ五時なの！　が不思議に混じり合った朝を迎えた。

（あと二時間で鐘の音が聞こえるのだわ）

夫・塚越長榮との長い暮らしのなか、波乱万丈の朝を随分いろいろと迎えて来たけど、今朝という今朝は違うのだ。

今朝の七時から私は、幸せな私に生まれ変わってしまうのよ。

絹子は生きていて本当に良かった！　と噛み締めながら早朝の露天風呂に身を沈めた。

松本辺りの天気も上々の予報。ポシェット内の点検ＯＫ。カメラもＯＫ。帽子にサングラス。みな部屋の入り口にいそいそと並べた。

そしてテラスを全開！

余韻の端まで洩れなく聞こう。

鐘の音が聞こえだしてきた。

明さんもきっと聞いててくださるわ。
グヮンー。
グヮンー。
ゴォーン。
グォーン～

鹿之屋さんの朝粥はいつも美味しい。とりわけ今朝は、特別な鐘の音に清められ、生まれ変わった絹子の心境に寄り添って、母のように優しく甘かった。

絹子は鹿教湯温泉上《うえ》というバス停に立って、松本行き九時四十三分のバスを九時半から待っていた。大島へ行った帰りの船上で『これからは二人だけで逢おう』と言われて以来、四十八年という長い歳月を経て、今まさに実現しようとしているのだ。

何度も何度も時計を見てしまう。

遅い、遅いと思っていたバスが定刻どおりぴったりにやって来た。

明さんが窓際で手を振っている。

「おはようございます」

乗客は七〜八人しか乗っていなかったが、二人は後ろのほうへ移動した。

「どこからお乗りになりました?」と絹子が聞くと、

「温泉病院前から」と明が答えた。

「七時の鐘の音、お聞きになりました?」と早速、絹子が聞くと、

「あ、ツキマシタ」

「?……」

絹子は耳がおかしくなってしまったのか? と思い、耳を傾げながら再度聞き直した。

明はまた、「ええ、ツキマシタよ」と笑顔で答えている。

(私の耳、完全におかしくなってしまったのだわ)

(そういえばこの頃、どんぶり〈丼〉・どんぐり〈団栗〉・とんぶり〈粒々をした形状から〝畑のキャビア〟などともいわれ、和え物や酢の物などにして食べる、ホウキグサ

の実〉などは急に言われると聞き取り難くなって、とっさには何のことだかわからないことがあるようになってきたわ。話の前後の脈絡などから必死になって探っているうちにやっと、あっ、それは、あのプチ、プチ、っとした食感の〝トンブリ〟のことだ！と、わかってくる。

この間も、〝カラスヤマセン〟のカラスヤマが何のことかとパっと瞬間的に理解できなくなってしまい、カラス？　カラスって一体何のことだろう？　と詰まってしまった。そしたら脳は現在までに一番多い回数で遭遇して覚えている、〝烏〟や〝烏瓜《からすうり》〟などを引き出してきて、生ゴミ収集所でゴミ袋を喰い破っている〝烏の群れ〟や、晩秋、真赤な実を成らしている〝烏瓜〟などの映像を結んでしまっていた。

その間、その話は、宇都宮から烏山線〈宇都宮〜宝積寺〜烏山間〉に乗り、終点の烏山で降りて、〝馬頭行き〟のバスに乗り換え、目的地に行くまでの道順の説明が終わっていた。

耳から入って来た音を「言葉」として捉え「意味」を理解して、瞬時に適切な「返事」を組み立て、それを「声」に出して相手に伝える！　これらのプロセスがこの頃どうも瞬発力に欠けてきたように思える。
以前のように電光石火とはいかなくなってきている。
年齢のせいね。
でも、明さんは確か、二度とも『ツイタ』とおっしゃったようなのだけど……変だなぁ
……？　もう一度お聞きしてみようかしら……？）
と、思い巡らしたときだった、
「あのね、今朝の七時の鐘、最後のは僕が『撞いた』んです」
「あーびっくりしました。そうだったのですかー」
「今朝は興奮のあまり、五時にはもう目が覚めちゃって、それから露天風呂に直行して
（あーら私とすっかり同じだわ…）、それから友人たちに気づかれないように、そうっと部
屋を抜け出して、文殊様へ行きました。
まだまだ時間が早過ぎたのであなたご用達のジャコンブランコに乗って、七時の鐘撞き
が始まるのを待っていました」
「まあー、そうとは知らず、『ツイタ、ツイタ』とおっしゃるので、私の耳がおかしくな

ってしまったのかしら？　って迷っていましたのよ」

「うふふ」

「五時に起き出されて、お体、大丈夫ですか？」

「大丈夫、大丈夫。今日は長ーい一日にしようと思ってね」

「ありがとうございます」

「鐘を撞いたのはね、これ、このハンカチと座蒲団のお礼」

と言って、昨日、結んでしまったハンカチを絹子がもらってしまった代わりにと、明に渡した白いハンカチをポケットから出して見せた。

ハンカチと座蒲団の組み合わせが絹子にはどうにもわからず、首を傾げながら明に聞いてみた。

「ハンカチと座蒲団。私には何のことかさっぱりわかりません」

「迷語発明家の絹子さんにもわかりませんか？」

「発明家元祖でも、本舗でも、これはどうにも解けません。予備校に行ってもきっとわからないでしょうね」

「予備校？　アッハッハァ、どうしてこういうときに予備校ー、なんて突然出てくるの？」

「絹子式！　自分でもおかしいわ！　うふふふ」

絹子は、このような会話が湧くように出てくる自分がとても不思議だった。

「昨日、ホテルに帰る道々、僕、ふっと思ってこのハンカチを広げてみました。そしたら僕の思ったとおり、ほらここに、あなたのイニシャルのKが刺繍されていました。僕があの川口のB・M社でこの指に大怪我をして工業病院に運ばれるとき、あなたが事務室に駆け戻り、あなたの椅子から座蒲団をはずしてきて『リヤカーが揺れると痛いから』と言って、機械油で汚れた作業服に血だらけとなっている僕を座らしてくれたんです。

僕には、ほら、母がいなくなっていたでしょう。だからなおさら、そうした《女性の思い遣り》っていうのがジーンと胸に沁みました。

ガッタン、ガッタン、ガッタン、ガッタン、リヤカーに揺られながら座蒲団に目を移すと、座蒲団の隅に絹子と刺繍されていたんです」

「まあー、そんなこと憶えていてくださったの」

「その刺繍を見たとき、僕は、僕の心が決まってしまったんです。こういう女性だったら亡くなった母もきっと安心してくれるだろうなあー、って。

それで、大島へ行ったとき、あのお話をしたのです」

「私の母は手先がとっても器用な人でした。とりわけ刺繍が大好きだったみたいで、よく私にも教えてくれましたわ。戦争中も刺繍糸を大事に持ち堪えて、戦後の殺伐とした時代でも、枕カバーとか、エプロンなどにチョコチョコっと何気ない母の刺繍がしてあったのを憶えています。きっと私もそれを見様見真似でしていたのねぇ。

座蒲団にまで名前の刺繍がしてあったのですか？」

「そう、絹子ってね」

「そこには遠い昔の絹子がいたのね」

「それをずうーっと忘れないでいたから、きっとこの白いハンカチにも何かしてあるかもしれない？　と思って、あのホタル発生地っていう札のある、みどり橋の上で広げてみたら、やっぱりKって刺繍がしてありました。

もう絹子ってするのは止めたんですか？」

「はい、そんなに初々しくなくなりました。とうの昔に……」

「それはお互いさまなのでは」

「あの頃に帰りたいっ！」

「あの時代はまだ救急車なんてなかった。今思うとまるで原始時代のようだったね。怪我人を自転車につないだリヤカーに乗せて、オッチラ、オッチラと漕いで行ったんだもの。道路も凸凹の砂利道でバッカン、バッカン揺れるし、自転車を漕いだ人もさぞ大変だったろうな」

「痛かったでしょう?」

「夢中でした。それよりも、『絹子の座蒲団』が嬉しくてね。僕も若い〝男〟だった」

絹子も明も、この後は言葉にはならない言葉をお互いの胸の中に包み込み、黙って車窓に目を移していた。

沈黙が苦しくなって絹子が思い切って明に聞いてみた。

「塚越は、明さんに私のことをどんなふうに言ったのですか?」

「僕にだけ言ったのではありません。僕があの会社を去る日の夜、男たちだけで『大変だけど頑張れなっ!会』っていうのを塚越さんの提案で開いてくれたんです。

そのとき、みんなの前で『長ーいこと夢にみていた理想の女性を見つけた!』って言ったんです」

「そのときに私の名前が?」

「僕は心臓が飛び出るほど驚きました」

「………」

「塚越さんはシベリアに抑留されていたそうですね」

「はい、二年七ヵ月間と聞いております」

「すると、昭和二十年の冬と二十一年の冬。そうだ二十二年の冬もだね。僕も樺太の寒さは身に沁みているけど捕虜収容所とは違うからね。塚越さんは、自分よりも背丈も重量もあるソ連の逞しい女性将校が、情け容赦なくビシバシとノルマを出してくるその姿を見ながら、『我が祖国、日本にはこんな女はいないっ』と比べていたのだそうです。

日本の女性は優しい。温和しくて素直だ。思い遣りがある。こんなに肥ってなんかいない。優しい声をしている。手を握ったら温かいにきまっている。黒髪に黒い瞳。肌がきれいで色白。などと想像上の理想の女性像を作り上げ、一日でも早く日本の土が踏めるようにと祈りながら、極寒と、飢えと、重労働の疲労に耐えたのだそうです。

体力が尽きてしまって亡くなってしまわれた方も、周りに大勢いらしたそうです。

そしてやっと念願が叶い、とりあえずに、と思って就職していたあの川口のB・M社にあなたが入社して来られた。

塚越さんは、あなたを一目見て、『この女性だっ』って、電気に打たれたようになったんだそうです。

そんな話を聞いてしまった僕は、仕方なく涙をのみました。

シベリアでの二年何ヵ月にも及んだご苦労と〝絹子さん座蒲団〟では、まるでスケールが違いましたから」

「そうだったのですか」

「塚越さんが開いてくださった『大変だけど頑張れなっ!会』っていうのは、僕の指喪失の痛手を励まして、国鉄入社を祝ってくれるはずの会でしたのに僕は大変な真実を吐露されてしまい、文字どおり『大変だけど頑張れなっ!』になってしまいました」

「後ろのほうに座っておられるお客さーん。松本城に行かれるんでしょう? そしたら次の停留所で降りてくださーい」

と、バスの運転手さんからのアナウンスに、この世に引き戻されたような感じを抱いた二人だった。


バスを降りてすぐに絹子が聞いた。

「あの運転手さん、どうして私たち、松本城へ行くのを知っていたのかしら」

「あー、それは、僕が温泉前から乗るとき、松本城へ行きたいから停留所を知らせてくれるように頼んでおいたからですよ」

「そうだったのですか。どうして知っているのかと、ちょっとびっくりしたものですから」

「バス停の先の十字路を右に曲がって少し歩くそうですね。大分、日差しが強いけど、目のほう大丈夫ですか？」

「今日のバス、いつもの路線と違いますね。松本城がまだ見えませんもの」

「今、バスが迂回中だから気をつけるように、と、友人たちに言われました」

「あっ、お城が見えてきましたわ」

いままで絹子はいつも一人で、幾度となく松本城へは来ているけれど、今日という日の松本城は、もう二度とは見られないことを胸に刻みながら歩いていた。

国宝・松本城

国宝・松本城は、太鼓門復元記念祭り（平成十一年三月〜平成十二年二月）の最中だった。

「威風堂々と聳《そび》えて、まるで神様が存在しているようだ」

「各層の外壁は白漆喰《しろしっくい》下見板は黒の漆塗り、それと重厚な黒い瓦。全体に黒く見えるので〝烏城《からすじょう》〟とも呼ばれていたそうですが、いまは呼ばないことにしているんですって。

築城された頃は、深志《ふかし》城といわれていたそうです。築城以来度々城主が代わり拡張したり修理したりしていたそうなのですが、現在の松本城の原形は今から四百年とちょっと前、豊臣秀吉の臣だった石川数正が入城していたときに着手し、その子康長が完成させたのだそうです。その後も城主は次々と変わり、松平直政が城主だったときに、辰巳附櫓《たつみつけやぐら》、月《つき》見櫓《みやぐら》を付けたのだそうです。

明治四年（一八七一年）の廃藩置県以後、松本城も競売に付されて落札。天守閣も解体されようとしていたのを有志の熱意から解体を免れ、保存されたのですって。

荒れ果ててしまったお城の修理は莫大な資金作りのほか、あいだに日露戦争があって中断したりしながら大正二年に修理工事が終わったのだそうです。

それから、昭和二十五年六月から昭和三十年十月までの昭和の大修理によって、現在こうして拝見させていただいている五層六階の天守を中心にして、三層四階の乾小天守《いぬいこてんしゅ》、渡櫓《わたりやぐら》、辰巳附櫓、月見櫓が複合連結された見事なお城が復元されたのです。

最上階まで上がって見学ができるのですけど、入って上がってみますか？」

「あなたは上がったことあるの？」

「はい、三年前に」

「どうでしたか？」

「三階、四階とそれはもう階段が急で、すっかり息が切れてしまって、その後がまた、前より急な階段が待ち受けていて、最上階の六階にはやっとの思いで攀《よ》じ登りました。

昔の武士は偉かったのねぇ。毎日平気で上り下りしていたのでしょうね。

なにしろ急なのと、階段の一段一段の高さが高いの。

スラックスだったからまだよかったけど、和服を着た女性だったらそれは大変！　脚が上のほうまで丸見えになってしまうわ」

「うふふふ、それはリアルなご説明で！」

「最上階には鉄格子のはまった窓が東西南北にあって、東の窓からは松本市役所、そのずうっと先のほうが美ケ原高原の方向。南の窓からは、市街地と、その遠方に中央アルプス、木曾駒ヶ岳を主峰とした木曾山脈の山々ですわね。西の窓からは、雄大な北アルプスの大パノラマ。北の窓からは、近くには重要文化財の旧開智学校。と、東—南—西—北の窓をぐるっと回って眺めていたら、とんでもないものが襲って来たの」

「ええっ、何に襲われたの？」

「ネエー　ムゥー　ケー　」

「ネエー　ムゥー　ケー　って？」

「睡魔！　一体どうしちゃったのでしょうねぇ。まるで麻酔でもかけられたみたいになってしまって、ウエストポーチとカメラをお腹に抱えて前のめりになって眠り込んでしまったの」

「危ないことをするんだね」

「松本城の歴史上のみな様や、お城を命懸けで修理復元してくださったみなみな様には大変申し訳ないことをしてしまいました。まさか後世、いい歳をした女性に天守閣で昼寝されちゃうなんて思いもつかなかったことでしょうから」

「お客さぁーん、終電ですよ！　って起こしてくれる人は現れなかったの？」

「何とかっていうコマーシャルみたいに？」

「そう」

「だーれも現れなかったわ。でも随分多くの人には見られてしまったでしょうね。何の物音も聞こえなくなって、ぐっすりと深ーい眠りに落ちてしまったままでした」

「階段の攀じ登りで相当疲れてしまったのかもしれないね」

「そして目が覚めたとき、大変なことが起きてしまったの。

『私はだーれ?』

『ここはどーこ?』

『どこなのよ、ここは?』

『どうして鉄格子の窓なの?』

『何なのこれは?』

『これは何なの?』

整理も理解もつかなくなってしまった頭の中は、まるで大空の雲みたいに真っ白けのフーワ、フワっ!

宇宙飛行士が無重力の訓練を受けるために、地上に作られた装置で一時的無重力の体験をするそうですが、私はこともあろうに松本城の天守閣で痴呆状態に陥ってしまった体験をしてしまいました。

あのときに味わった、あのような世界は痴呆症とか、アルツハイマーの世界に一歩踏み込んだものだったのかしら? 脳が萎縮したり、脳梗塞のダメージを受けたり、事故や怪我などで脳に損傷を受けてしまったりしている方は本当にお気の毒だわ。常人とは全然違う世界にさ迷いこんでしまったまんま出口がないのですものね」

「そうだろうね。心細い限りだね」

「お身内とか、お知り合いとかにそういう方はいらっしゃいませんか?」

「いまのところはまだいないけど、我々だって何時《いつ》そういう境遇になるか。こんな年齢になっているのだから重要な問題だね」

「私、大分おかしいでしょう? あのときの後遺症がまだ残っているみたいだなーって思うときがありますもの」

「見学、今日は止めておこう。最上階でまた爆睡されてしまって、『貴方様は? どなた様でしょうか?』なんていうことになってしまったら大変だっ」

「よく母が言っておりました。『一度あった事は二度ある』って」

「三度目の正直とかっていうのもある」

黒門前面の堀に泳ぐ無数の鯉を見ながらの立ち話に、疲れてしまった二人だった。

松本いろいろ

『絹子さんは療養のために鹿教湯に来ておられるのだから、無理をしないほうが良い』という明の気遣いから、旧開智学校の見学は割愛して城の前にある日本民族資料館に入り、歴史と民族の展示、松本城主だった戸田家の蒔絵駕籠、珍しい世界の古時計などの見学をして城郭の外に出た。

「お腹が空きましたね」

「友人たちが昨日行った所の地図をくれたけど、そこへ行ってみますか？」

「私、松本に来たときはいつもここのお蕎麦屋さんにしているのですけど……」

「絹子さんは蕎麦好きなんだね」

「ええ、毎日でもいいの」

注文した〝あずみの〟という蕎麦がくる間も二人は話し続けた。

「先ほどの別世界を彷徨《さまよ》った話だけど、どうやって帰ることができたの？」

「ええ、ああいう極限状態に陥ると、人間ってまず脱出を考えるものだなー、って思いました。入城するときに脱いだ靴をビニールの袋に入れて持っていたのを、どうしてこんな物を持っているのかが理解できなくてそのことにも困っていました。本当に何もかもわからなくなってしまっていたのね。でもここからは何が何でも脱出しなければ大変だ！という気持ちに迫られているのに、どうしていいのかその方法がわからないの。

そのうち、十数人の賑やかな集団がドヤドヤっと現れてきて、またドヤドヤっと去って行くのを見て、その後ろについて行ったんです。着いた所の出口でみんながビニール袋から靴を出して履くのを見て、私も真似をして持っていた靴を履きました」

「うーん、本当に大変だったんだね」

美味しくお蕎麦をいただいた二人は、再びゆっくりと歩き出した。

「明さん、私、いつもこのお店に入って気に入ったものがあると記念に買って帰るの。前回は茶飲み茶碗を三個。ちょっと覗いてみませんか」

「あー、いい陶器店だね」

「城下町は陶器のお店、銘菓のお店が楽しいわ」


「うふふふ、店員さん怪訝そうな顔をしていたわ」

「お揃いの夫婦箸を別々に包んでもらったから？」

「えぇ」

「僕は家に帰ったらすぐに使い始めるからね」

「私もよ。ささやかな記念品だけど、でも、なんだかとっても嬉しいわ」

「いい思いつきだった」

「明さん、さっき人間ってまず脱出を考える、ってお話をしたでしょう。そしてその次は〝駅〟へ行く行動をとるのね。多分この辺りで何回も駅へ出る道を尋ねていたはずだわ。〝駅〟にさえ行けば家に帰れる！　っていう思いがしたの。何だか訳もなく悲しくなってきて泣きじゃくりながら歩いていたの。そのとき、もうすぐだわ、あっ、これこれ、この〝牛つなぎ石〟いつもきれいな注連縄《しめなわ》が張ってあるの。ここまで来て、この石を見た瞬間、すーっと晴れ渡ってきて我に返ったの。大体八分《はちぶ》くらいは回復したみたいだったわ。だってそれからは誰にも道を聞かなくても、いままで何回も歩いたことのある松本駅まで、すいすいと歩いて行けましたから」

「すごいねえ。良かったねえ。石のご利益かな？」

「この石はね、戦国時代、武田信玄方が塩を断たれて困っている。ということを知った上杉謙信が日本海の塩を送ったという『敵に塩を送る』で有名になった話がありますでしょう、そのときに塩を積んでいた牛をつないだ石として伝えられているのだそうですよ」

「塩を送った話は有名な話だからね」

「私、〝駅〟にはどんなに助けられたかわからないほどの思い出があるの」

「松本駅の六番線ホームもそうなの？」

「あらっ、昨日コーヒーをいただいたときに言いさした話を憶えていてくださったの？ありがとうございます。〝駅と私〟いーや、〝私と駅〟かな？　そうじゃーないわ。〝終着駅〟うーん、やっぱりこれは、的確にいえば、〝終着駅のベンチ〟だナ」

「………?」

「あっ、ごめんなさい！　独り言してしまったわ」

「………」

「明さん、一瞬迷われたんじゃありません？　私のこと、まだ大分おかしいぞーって」

「うん、ちょっとだけ思った」

「ここの十字路を右に曲がると松本駅なの。早いわー、もう駅前大通りに来ちゃった」

「僕たち何十万人に、いや何百万人に一人いるかどうかわからない奇跡の巡り合いをしたのだから、もうひとつ何か思いを込めた記念品が欲しいんだ。絹子さんはどう思う？　もう今日のような日、二度と来ないかもしれないし……」

「二度と来ないかも、なんておっしゃっちゃいやよ！　私は、昨日トリミイロードで結んだ二人のハンカチーフが大、大、大事な宝物になったし、今日のお箸もこれから毎日お食事の度に、今日のことが思い出せるからもうこれだけでも十分だとは思うけど、でもこれからも二度でも三度でもお逢いできるためのものでしたら、それは欲しいわ。明さん何だかいいアイデアがおありみたいな感じがするんですもの」

「今、何時かな？」

「一時二十分ですね」

「絹子さんの鹿教湯へ戻るバスは？」

「本数が少ないの。四時四十分が最終です」

「それじゃ、それに間に合うようにして、僕は、あっ、手帳を見ないと駄目だ！　現役中はこのぐらいの時間なんか一度見れば暗記できちゃったのにね。あずさ十号が十六時六分・あずさ十二号が十六時五十六分だから、これにしよう。そうすれば、あなたのバスを見送れる」

「いやっ、見送られるのはいやっ！　明さん、あずさ十号のほうでお先にお帰りになって！」

「初めて強い反対を受けたね。僕だって同じだよ。ホームであなたが見えなくなっていくのはいやだよ」

「それじゃぁ、こうしませんか？　四時半、松本駅の待合室でお別れ！　って」

「そうだね、じゃぁそうしようか」

「駅からバスターミナルまで、十分もあれば急げば乗れるわ。切符を買ったりもするから、慌ただしさにかまけて気が紛れますもの」

「あー。やっぱりもうひとつ記念品を作っておこう」

「何でしょう?　楽しみだわ」

その夜の回想

長くて短い一日に静かな夜が始まった。

鹿教湯に来て四日目の夜だというのに、まだ一回も家に連絡をとっていなかったことにやっと気がついた絹子は、同じ敷地内に家を建てて住んでいる姪夫婦のところに電話をかけた。

「もしもし、幸保《ゆきほ》さん？」

「あっ、叔母さんですか？　幸保は今叔父さんのところへ今夜最後の見回りに行っています。お出掛けになったきり、ご連絡がないから幸保と心配していたんですよ」

「真実《まさみ》さん、ごめんなさいね。あなたたちがいてくださるので叔母さんついつい安心しちやって、こんな長い保養なんかに出てしまって」

「手術された目のほうは如何《いかが》ですか?」

「ご心配かけてごめんなさい。本も読まないし、テレビも見ないし、何もしないで目をつぶってせせらぎの音なんか聞いていられるからとても楽になったわ」

「あっ、叔母さん、幸保帰って来ましたから、電話代わります」

「はーい、幸保でーす」

「幸保ちゃん、いろいろとありがとう。叔父さんどんな様子でしたか?」

「それがね、どうしようかな、ねえ真実さん、叔母さんに、はっきり言ってしまったほうがいいかしら? えっ?」

「どうしたのよ、はっきり聞き取れないんだけど」

「実はね、昨日お向かいの児玉さんと小田さんが家にいらして、『お宅の叔父さんがすごい勢いで障子を破っていらっしゃるんだけど、どうされたのかしら?』っておっしゃるの」

「ええっ。だって家の障子は去年全部張り替えて、まだまだ真っ白だし、どこも破けてもいないのに?」

「叔母さん、今朝行ってみたらすごいことになっていたの。もうびっくりしちゃったわ」

「どんなことになっていたの？」

「破いた障子の桟《さん》のほとんど全部に、叔父さんの靴下という靴下やタオルやパンツ類、ネクタイにハンカチなんかがまるで満艦飾のようにぶら下げてあったの」

「ええっ！　ハンカチが？」

「叔母さん、しっかりして！　ハンカチが？　って、ハンカチだけじゃないんですってば」

「幸保ちゃん、それじゃー叔母さん、予定を繰り上げて早く帰ったほうがいいわね」

「そのことなんだけど、真実さんとも話したの。叔母さん、きっと今度の保養が最期の保養になってしまうかもしれないね、って。変な意味じゃなくてよ。誤解しないでね。だって叔父さんの今回の行動、おかしいでしょう？　もしもよ、もしも大変な病気の始まりだとしたらこれからどんどん大変になっていくでしょう？　叔母さんにも体調を取り戻しておいていただいたほうがいいんじゃないかな、って。

長引いたときに共倒れにならないよう、態勢を整えることは大事じゃないかな？　って真実さんは言っているの」

「どうもありがとう。本当にご心配おかけするわね。真実さんそこにいらっしゃるの？電話ちょっと代わってくださる？」

「はい、真実です。幸保の言うとおりですから叔母さん、ご予定どおり、短縮しないで、ご静養なさっててください。何かうんと変わったことが起きたら、ご連絡しますから」

「真実さん済まないわねぇ。ほんとにどうもありがとう。それではそうさせていただきますね。幸保ちゃんによろしくね」


二日間、夢のような時間を過ごしているうちに、留守宅では大変な大変化が到来していた。

絹子はハンカチに思わず異常反応を起こして何も知らない幸保に叱られたが、まさか明に巡り会った昨日と今日の二日間のうちに、夫の塚越は全く別の世界の人となってしまい阿修羅のように障子を破き、骨組みだけにしてしまったところへ箪笥から引っ張り出した小物を枠という枠の中に挟み込んでいたなんて……。

小物を掛けているところは誰にも見られていないが、きっと夜中《よぢゅう》やっていたのかもしれない。まず一番先にハンカチを差し込んでいたとしたら、ぞっとする。

いくらこの上なしの性格不一致夫婦でも、以心伝心的現象って起きるのだろうか？

そういえば、松本城で痴呆症状が出た話を長々と明さんにしていたのも不思議なことだ。

昨夜は嬉しくて眠れなかったけど、今夜は雲泥の差に一転したからまたもや寝つけない。


昭和二十六年の春も終わりの頃だった。

社長はある宗教の盲信者ともいえるほどの信者で、月一回のお山詣での行事にはどんなことがあっても出掛けてしまうために、その留守を預かる工場長は、下請けの鋳物工場に話があるからといって昼前から出掛けたままだ帰って来ていなかった。

工場の道一つ向かい側の、会社で借り上げている長屋の一角に住んでいる外回り専門で外交・営業・渉外・総務などを一応総括している根元部長がゆっくりと自宅での昼食を済ませて事務室に入って来た。

「飯泉さん、これ昨日立て替え払いしておいた便所の汲み取り料だけど、支払ってくださ い」

と言って領収書と支払伝票を差し出した。

絹子は伝票と領収書をチェックして、机の上の小型金庫から出金した。

現在の若い人には理解もできないことだが、バキュームカーなどというものはその当時はまだ見たことも聞いたこともなかった時代で、便所には大きい便所専用の瓶《かめ》が埋め込んであって、大・小の便が一緒になってその瓶のなかに溜まっていく仕組みになっていた。その瓶がいっぱいになった頃、便所の汲み取り屋さんという商売をしている人がやって来て、長い柄《え》のついたひしゃくを汲み取り口から差し入れ、おわい桶とか肥え桶とかいわれている専用の桶にこぼさないように汲み取っていったものだった。


根元部長も出掛けてしまって、事務室のなかは絹子のほかには、笹木幸子と長瀬邦子の三人の女子事務員だけとなっていた。気楽な気分もただようなか、出納帳に記帳しようとして改めて伝票を見た絹子が「イヤダ！　何コレー」と言って悲鳴のような声を出した。

笹木も長瀬も「エッ、ドウシタノ、ドウシタノ？」と、根元部長が渡していった出金伝票を覗き込んだ。

「イヤダー、便所吸取《すい》り料って書いてある」

「吸い取る?　ってどうやってお便所を吸い取るんだろうねぇ。あーきったない!」

というひょうきん者の長瀬の一言で、

「アーイヤダ。気持ち悪いー」

「ほんとに気持ちわるー」

と女の子三人で笑い転げていた。

そのときだった。工場のほうから「大変だっ!　榎原君が機械に噛まれた!」「救急箱!　救急箱っ!」と叫びながら二~三人して事務室に飛び込んで来た。

その日は欠勤者が多くて、手薄になったボール盤のポジションを榎原が臨時に操作していたのだそうだ。

作業用の軍手が機械に巻き込まれてしまい、榎原の手がそのまま引き込まれ、セットされているドリルが情け容赦なく左手人差指と中指を砕き散らしてしまったのだそうだ。

悲鳴にいち早く反応した職長がすぐさま電源を切り、大小の旋盤も、セーパーも、三基のボール盤をも全部一斉に止めた。

旧陸軍の衛生兵だったという人が工場内にいたため、「軍手を脱いでは駄目だ！　鋏で切り取るんだっ！」「榎原しっかりしろっ！」「榎原っ、目をつぶっておれ！」と野戦の戦場のように大声をかけながら実にテキパキと応急処置をしたのだそうだ。

そして別組は病院に運ぶリヤカーと自転車を繋ぎ合わせて、工場の門の外へと引き出していた。自転車の漕ぎ手のほかに、その旧陸軍兵と、責任上、職長が伴走して病院に向かって行ってしまった。

工場は電源が切られたままなので、残った者全員で床の血を清めたり、ボール盤を清拭したりしていたそのとき、

「ねえ、みんな、僕の話を聞いてくれないかぁ」

と、真鍋勉《まなべつとむ》がみんなに声をかけ、

「俺たち、みんなで力を合わせて、労働組合を作らないか？」

榎原負傷の直後だけにみんな一斉に驚いたようだったが、労働組合結成を随分研究しているらしい真鍋の話に集まったのだそうだ。

「俺たち、会社に要求したいことがいっぱいある。今回の榎原君の怪我だってそうだ。今

後の生活を含めての補償問題は榎原君ひとりだけの問題ではない。何時、誰が、今日のような問題にさらされるかわからない。

交通問題もそうだ。東北線や高崎線で通って来ている人たちが、列車が遅れて遅刻をするとその分を十五分でも二十分でも、給料の時間計算から引かれてしまう」

「真鍋君、いいこと言ってくれるね」

「俺は、一番機械油に汚れる仕事だから、終業時間がきて顔や手足を洗う湯がもっとたっぷり欲しいんだなぁ」

「ヨッ！　色男！」

などという具合に労働組合結成は、榎原の怪我というチャンスを捉えて急速に高まった。

そして、組合結成準備委員会のメンバーがすぐに選ばれて、「委員長には独身者が動きやすい」ということから、後に絹子の夫となった、塚越長榮《ちょうえい》が「独身者では一番の年嵩だから」と満場一致で選ばれてしまったのだそうだ。

選ばれた塚越は言い出しっぺの真鍋勉とともに毎晩遅くまで額を寄せ合い、労働協約書(労働組合と使用者またはその団体との間に締結される労働条件その他についての文書による協定。労働協約に違反する労働契約・就業規則は無効）の草案作りを急いだ。

塚越には二年七ヵ月のシベリア抑留中、共産主義を観察し、体験し、消化して持ち帰った毅然としたバックボーンがあった。その固い意志からして、加盟する上部団体は、総同盟とする。それ以外の系列の上部団体に連ねるものであれば委員長は降りる。として譲らなかったという話を後になってから絹子は聞いた。

堂々、労働三法にも盛り込まれ労働組合法にも則って作りあげた労働協約書ができあがって、会社側との一回目の団体交渉が行われた。

社長は目の玉が飛び出るほど驚き、何とかいう宗教に頼り、いままでにも増して祈り上げさえすれば解決できると思い込んでご祈祷に夢中になってしまったようだった。

その当時、一般女子事務員の月給は三千円、絹子や笹木幸子のような決算までできる経理事務員の月給は五千円だった。

工場長は、社長とどんな利害関係にあったのかはわからないが、組合問題が起きる前後頃から三千円・五千円、大いときには一万円と「仮払い、仮払い」と言っては経理の絹子に出金させていた。

「このような仮払いのこと、社長はご存知なのですか？」と聞く立場でもないような気がして、せめてもの手段として、伝票を目の前で書いてもらい、目の前で署名捺印をしたものでなければ出金しない態度を示した。そして、終業時には笹木と長瀬にも立ち会ってもらって、手提げ金庫内の現金残高、小切手帳の最終番号などを確認しておいてもらう処置をこうじてから、事務所に隣接している工場長宅に金庫を置きに行くようにした。

もう一方の上司？　の根元部長は出掛けると帰って来ない人で、現在のように携帯電話もないし、まだまだポケットベルさえなかった時代なので、一日の行動は自己申告のみで許される時代だった。そして無類の女好き癖があるらしく、営業用、営業用、と言ってはコーヒー代や食事費を接待費や交際費の名目で出金しまくっていた。

『埼玉県労働運動史（戦後編）　埼玉県』を見ると、戦後における埼玉県の労働組合組織は、昭和二十年十月十一日、川口地域における鋳物工労働者による埼玉金属労働組合川口支部の結成に始まる。と、記されている。

大正初期、友愛会川口支部の組織化以来、大正十五年に東京鉄工組合の組織化が川口に定着してから昭和十五年まで、鋳物労働者によって展開された歴史と伝統を持っていたものだったが、昭和十二年に始まった日華事変が次第に拡大して、戦時体制がますます強化され、ついに政府は昭和十五年二月に労働組合の解消の方針を打ち出して、強制的に解散を命じ、強硬に抵抗し続けていた総同盟も同年七月八日「日本労働総同盟解散声明」を発して二十八年の歴史に終止符を打ち、すべてが戦時体制に組み込まれていってしまったのだそうだ。

しかし、それでも東京鉄工組合川口支部の活動家たちは、組織を失いながらも、戦争中も川口地域に存在し続け基盤を失うことはなかったそうだ。

このような期間中活躍し、労働組合の歴史上、屈指の人となっていた井堀繁雄先生の教えを乞いながらできあがったB・M社の労働組合は、真鍋勉の頭脳と塚越長榮の粘り腰によってますます強くなっていくのを見て、男の人ってなんて逞しくて強い生き方ができるものなのだろうと絹子は感動を覚えていた。

ヒョロヒョロ、クニャクニャの会社との度重ねた団体交渉はついに決裂して、無期限のストライキに突入してしまい、収拾がつかず膠着状態になっていたときに恐れていた支払手形の期限があとからあとからと迫ってきていた。絹子は塚越と初めて二人きりで会って、現状から早く脱却するように勧告した。その後も二〜三回くらいは二人きりで会っていたかもしれない？　とも考えられるが、そういう状態から塚越の気持ちが『この女性をおいてほかにはいない！』に固まっていっていたのだろうか？

ストライキも終結し、榎原も通院しながら出勤し始めていた頃、伊豆・大島行きの話が持ち上がり、いつものメンバー五人で出掛けたのだった。絹子は榎原が同行できたことがいままでのどんな山歩きや旅行よりも心が弾んで、いつも榎原の横にいた。

昨夜の寝不足が、生理的にも限界点に達してきたらしい。絹子の思考も段々かすんできたようだ。

明日はまた五台橋に行こう！　そして、トリミイロードにも……。

保養五日目

七時の鐘の音を、絹子は耳を澄まして聞いていた。

昨日の朝とはまた違う朝が来た。

一昨日、昨日と続けて身の上に起きた「大変事」を反芻していると、まるで高い熱を出して寝込んだ、風邪の治りぎわのような気怠るさを覚え、なかなか起き出すことができないでいる。

「今日はゆっくりと宿で静養！」などと独り言を言いながら、思い出に耽ることにした。

絹子の両親はいとこ同士で、父の名は弦《げん》、母の名は花《はな》といい、本当に仲の良い夫婦だった。

父は母のことを「お花さん」とか「お花ちゃん」などと使い分けて呼んでいたし、母は父のことを「お兄ちゃん」と呼ぶことが多かった。

これは父から聞いた話なのだが、あるとき祖父に、「弦、新田《しんでん》のお花と一緒にならないか?」と言われたときは本当に嬉しかったものだった。と述懐を込めて話してくれたことを絹子はいまでも忘れられない。

二つ年下のお花が、村の小学校を卒業して、弦の通う町の高等科に入学して来て、お花がだんだん成長してくるにつれ、その手や足の白さがどこの家の娘よりも白くて、かわいらしくて、誰にも奪われたくない! と強く思っていたのだそうだ。

でも、父親同士が兄弟といういとこ同士は、〝血が濃い〟からなるべくなら避けるべきだ、と聞いていたので、随分悶々としていたのだそうだ。

しかし、お花のかわいさが募り、我慢ができずに結婚してしまったが、もし万が一にでも身体が不自由な子供が生まれてきたら、そのときには、その子の一生に全責任を果たそうと思っていたのだそうだ。

一番最初の待ちに待って生まれた子には、待つをかけて、まつ（松）と名付け、次に生まれた子も女の子だったので今度は、たけ（竹）と付け、三番目もまた、女だったので、うめ（梅）と付けて、松・竹・梅の目出度い三姉妹が家の中で元気に駆け回ってくれていたのが何よりも嬉しいことだった、と話してくれていたっけ。

（あっ、いけない、目の手術が無事に終わったというのに、八王子へお礼のお墓参りにも行っていなかったわ、ごめんなさい。帰ったらすぐに行きますからね）

そして四番目の女の子、きち（吉）が正月に生まれてその年の十一月に亡くしてしまった。両親は涙に明け暮れていたのだそうだ。

それから四年ほどたって生まれてきたのが、絹子だったのである。

目がパッチリと二重瞼で、色白で、両親は「この子はどことはいえないが、上のお姉ちゃんたちとは違う」ような感じがして、ためらわずに絹子と名付けてしまったのだそうだ。

絹子の絹の字は父母の先祖に関係があり、なんでも、絹子の曾祖父の父の父に当たる方が、キタソウマゴウリ、小絹村、字、シンジュクというところの名主の野本与佐衛というお方であった。ということから、小絹村の絹の一字をいただいて名付けたのだそうだ。

曾祖父の父は四男であったために、小絹村から何里か離れたところに分家の居を構え、とても信仰心が厚い方であったため、どうしたご縁からか小田原の方の〝飯泉観音様〟を崇拝し、自分の苗字を〝飯泉〟にしてしまわれたのだそうだ。

絹子はいまにして思うことだが、両親存命中にもっともっと先祖のルーツを聞いておけばよかったとしみじみ後悔している。

絹子と十六歳違う長姉の記憶によると、曾祖父の父は分家の際、材木取り扱い業を営む家業を興して、とりわけて力を入れたのが、床の間の柱にする銘木。茶室を設《しつら》えるための銘木中の銘木、特別誂えの注文を受ける大黒柱用の材木、などであったそうだ。現在の流通とは大きく違い、近郷近在はいうに及ばず、随分遠方にも草鞋《わらじ》をすり減らしながら「これならばっ」といえる納得の樹木を探す旅に出掛けていたらしい。どうやらその旅の中で、飯泉観音様に出会ったようだ、と長姉は解説していた。

絹子の記憶に残っているのは、祖父母の家には、立派な土蔵《くら》が三つあって、そのうちの一つに、書庫蔵というのがあったことを覚えている。

なんでもその曾祖父の父は、買い付けた欅《けやき》、もみじ、檜《ひのき》、伽羅《きゃら》、竹など、すべて伐採する前にお神酒を捧げてから、東西南北の四方面から見たその木の立ち姿を念入りに写生して、それから伐採人に依頼したのだそうだ。いまならパシャ、パシャッと写真に撮ってしまえば済むものだろうが、でも絹子は、「いいえ、やっぱりそのご先祖様だったらいまだってきっと手描きで遺されるに違いない」と信じている。

次第に銘木ばかりを取り引きするようになっていた頃、初代様が没して、その長男が跡を継いだ。二代様もそうした遺志をそっくり引き継いで、全て写生し、持ち帰った絵図は書庫蔵に納めて、毎月一日、十五日には必ずお神酒をあげ、家業とはいえ伐採してしまった多くの樹木の霊魂に謝意を表する作法を厳しく守っていたのだそうだ。

初代様も二代様もそのような心の持ち主だったから村人からも尊敬され、いろいろ持ち込まれる相談ごとなどにも親切に対応して、信望を積み重ねていたのだそうだ。

二代様ご夫婦はとても長生きされて、先代様からの築山・書院作りの家に暮らし、隠居してからは老夫婦して歌を詠み、俳諧の質もあったためにお互いに作り合った歌や句を短冊にしたためては、築山の松の枝などに下げたりして楽しんでいる様子を絹子の長姉は覚えていると言っていた。

　材木商を営むためには、広い敷地が必要で、さらに珍しい木々を養植したりするためや、自宅を改造したり、新築したりするときに切り出す檜や杉の木を植えておく屋敷山が築山の裏手に続いていて、絹子の父と母も幼いときから茸狩りやら栗拾い、春の蕨摘みなどと、祖父と一緒にその屋敷山で遊んでいたのだそうだ。

　父は兄と二人きりの兄弟で、幼いときに生母が肋膜炎で病没し、親戚すじから来た継母に馴染めず、淋しい思いが骨身に泌みていたから、子育て中の妻にはもしものことがないようにと、母のことを異常なほど大切にして、母が風邪でも引こうものならそれこそ大変だったのを思い出す。

　絹子は自分のご先祖様や両親を愛し、尊敬し、飯泉家の一員として生まれてきたことに誇りを持ち、自分の感性はまさしく、飯泉家を興した初代様からの贈り物だと思っている。

終着駅

絹子と長榮の結婚式は、昭和二十七年の十二月八日だった。

絹子のびっくり仰天！　晴天の霹靂《へきれき》、驚愕！　が突然に竜巻のように巻き上がったのは挙式からわずか九日目の朝だった。

絹子は毎朝もちろんのこと長榮より早く起きて、朝ご飯の支度をして、食べるばかりに準備しておくのだが、九日目ともなればその手順も早くなり、間もなく起きて来る長榮を待って、座ればすぐに食べられるようになっている卓袱《ちゃぶ》台の前の火鉢の横で、その日の朝刊を開いて見出しを拾い読みしていた。

そこへ起き出して来た長榮がいきなり絹子の手から新聞を奪い取り、「女のくせしてなんだっ！　朝っから新聞なんか読んでてっ！　亭主よりも先に新聞は開くなっ！」「亭主が顔を洗う水でも汲めぇっ！」と怒鳴ってその朝刊を叩き付けたのである。

いやもう驚いたの驚かないのって、絹子は長棠の顔を見つめたまま物を言う言葉を失ってしまった。

絹子のまったく知らない男の本性が、突如として牙を現したのである。

「お花」「お兄ちゃん」と幼児時代から呼び合って、ままごと遊びから、同じ学校の通学までともに成長してきた仲の良さと、絶妙なコンビネーションを醸し出すいとこ同士の両親しか知らない絹子だから、この事件の対応の仕方にはまったく方法が浮かばなかった。

でもこれは、「ごめんなさい」と謝る性格のものではないわ。

絶対に謝れない問題なのだわ。

私は、私は、死んでも謝らないっ！

どうして、何故に、夫より先に妻が新聞を開いて読んではいけないの？

女が朝から〝新聞〟を読んではどうして駄目なの？

怪我をして痛がっているわけでもない大の大人《おとな》に、どうして顔を洗う水を汲んであげな

くてはいけないの？　（※その当時はまだ井戸）

わかったことはただ一つだけ、

「大変な人と結婚してしまった！」だった。

「お母さん、私、今日これから出掛けて来ます。どうしても行って来たいところができたの。お掃除もざっとだけど済ませましたから急いで行ってきますね」

と断って絹子は八時十分に家を後にした。

いまでも思い出すけど、絹子の母は「どこへ行くの？」「何の用事で出掛けるの？」などの詮索は一切しない人だった。

だからその日の朝も大いに助かったわけだが、とりあえず駅に向かって行き、京浜東北線の「大宮」までの切符を買った。

人間の心理っておもしろいもので、『早く近づきたい』と『早く離れたい』が同居している。もちろん、極端な場面で、ではあるけれど。

その日の絹子は、家の二人の部屋から早く離れて、より遠いところへ行ってしまいたかった。

現場逃避心理である。

とりあえずは大宮まで行く電車に乗って、あとは電車のなかで行先を決めることにしたのだった。

『遠いところ願望』なのだが、初めての場所では疲れてしまうし、さりとて塚越と行ったことのあるところは絶対にイヤだった。

そのとき、唐突に浮かんできたのが〝終着駅〟だった。

大宮駅の窓口で借りた鉄道時刻表を見て探し当てたのは、大宮から高崎線に乗り、熊谷で秩父鉄道に乗り換えての終点、終着駅の三峰口《みつみねぐち》駅だった。


三峰口に着いた絹子は、降りたホームのベンチに腰を下ろして今朝の出来事を考えた。

まず、一番大切なことは落ち着くこと！　と思った。

「その罪、万死に値す！」という言葉を借りれば、「その暴言、離婚に値す！」となる。

しかし離婚といっても、式は挙げたが婚姻届はまだ役所に出しに行っていない。法律的にはまだ独身者。［飯泉］の姓で、［飯泉］の人間なのである。しかも、両親が住んでいる家で所帯を持ってしまったのだから、絹子が出て行く筋合いではない。

〝別れる〟となれば、塚越に出て行ってもらうほかはない。

「出ていけぇー」って私も今朝の長榮の剣幕を真似して言ってやろうかしら……そしたらあの人どんな顔してどこへ行くのだろう……。

絹子はそうなった場面を想像すると少しおかしくなってきた。

絹子が乗ってきた電車は折り返し、熊谷に向かって発車してしまった。

いったん駅の改札口を出て、駅舎のなかの腰掛けでまた続きを考え始めたが、母が言っていた飯泉家の家訓というか、それほど大袈裟なものでもないけれど、おじいさん、そのまたおじいさん方が、材木にする木を買い付ける際に「うーん、これは実に良い樹だ」と思って買い取った木なのに、いざ製材してみると、柾目《まさめ》（真っ直ぐに通った木目《もくめ》）が思っていたよりも悪いものであったり、木の皮を剝いてみると虫喰い跡があって、到底美材とはいえないものだったり、「うんっ、今だっ！」と大量に買い付けた材木が十日もたたないうちに値下がりしてしまい、思惑違いの大損をしても、それぞれみな、その時点では『良い』と思い、そう『判断』したのは誰でもない、この『自分自身』なのだから、決して後悔はしない。グチグチ愚痴はこぼさない。愚痴はこぼす度に自分の値打ちが安くなる！

潔いのが飯泉家の身上《しんじょう》としてきているのだから、何か大変なことに遭ったらあなたもそうしなさい、自分でしたことは自分で責任を取るっていうことよ、と、聞かされてきたので絹子はそれを基にして考えることにした。

塚越と結婚することを決めたのも、『この、私』なのだ。誰に無理強いされたわけではない。

絹子は女ばかりの五人姉妹（うち、四番目のお姉さんは赤ちゃんのときに病死）の末っ子だから、兄も弟もなく、男といえば優しい父親の存在でしか知らなかった。

労働組合を作って、正々堂々と意見を述べ、みんなの生活向上を勝ち取るために情熱を燃やす塚越の姿は、とても新鮮で逞しかった。団体交渉中、ときには鋭い言葉を発しても、『男らしい！』『頼もしい！』と思われてくるようになり、『結婚への道』を自分でスタートさせたのではなかったのか。
さぁ、絹子さん、どうする？　どうする？

飯泉家の遺伝子はそのとき、次のようなことを選択した。
一、別れる結論を出すのは、暴言に伴って、暴力を振るった場合、ただちに。
二、長榮より先に新聞は読まないし、広げることもしない。
三、顔を洗う水は汲んでやらない。
四、姉たちや、私の親戚からいただいた結婚のお祝い金だけで生活しているというのに、長榮からまだ一円のお金も受け取っていない。どういうつもりなのですか？これは断固質問する。そして今後の生活費の月額、その日にち、の確約を取り付ける。
五、姉たちも含めて誰にも、絶対に、九日目にして早くも不仲！　を覚られないようにする。これは私の恥なのだから……。

と、いうような整理で大体のところが纏《まと》まった。

団体交渉中に発していた鋭い言葉を『男らしい』とか、『頼もしい！』とかに解釈してしまった『読みの甘さ』が裏目に出てしまったのだ。

鋭さのなかの冷酷さが分離して、大きな傘を広げてしまったようだ。

自問自答して、大体の整理もついたことなので絹子はやっと腰を上げて、帰りの切符を買い、駅のホームに出た。

「そうだっ、今朝、家を飛び出したときの気持ちはぜーんぶ大きな風呂敷に包んで、ここのベンチに置き去りにしてしまおう！」

「終着駅さーん、ご免なさーい！　そして、ありがとう！」

このとき以来、絹子の〝終着駅〟通いは度々行われた。迷い、苦しみ、悲しみ、に疲れ果て、その重たい荷物が背負いきれなくなると、向かうのは終着駅だった。

これは、誰にも知られなかった……。

女性の地位

塚越は極寒期を三回もシベリアで越しているうちに、昭和二十年の敗戦まで日本にあった家族制度を美風として増幅してしまった人なのではなかろうか？　家族制度といっても簡単にいうのは難しいことなのだそうだが、鎌倉時代以後の武士の家に確立された制度で、国内での戦争が絶えなかったこの時代には、主君のために喜んで命を捨てる男子が必要だった。そのために「家」に名誉を与えて、存続確立させ、それを長男に継がしていく制度が発達した。と、市川房枝先在監修の『戦後婦人界の動向』財団法人婦選会館出版部の本に書いてあった。

その本にはさらに、父親が家長として一切の権利を持ち、家族はその命令に絶対に服従しなければならず、家と財産、祖先の祭祀を継ぐのは長男一人でなければならなかった。
とも書いてある。

さらに続いて、この考え方は武士以外の庶民にも模倣されたが、明治三十一年（一八九八年）に制定された民法にもこれが取り入れられ、「我国ハ古来家族制度ヲ以テ国ヲ立ツ。民法モ亦此ノ制度ヲ採用セリ」と明記している。と書いてある。

そしてその本には、

「家族制度は日本の淳風美俗とされたが、家には戸主があって家族を統率し、家族は戸主の絶対権力に支配される家族制度の下では、家族の民主化―夫と妻、父と母、男の子と女の子の平等はありようがなかった。」とも書いてあった。

「マツゥーラァーのツゥーシ」

秩父鉄道の終着駅から、絹子は何気ない顔をして家に帰った。

「お母さん、ただいま」

「塚越さんはまだ帰って来てないわ。絹さんの帰りが塚越さんより後になったらどうしようかと、お母さんハラハラしてましたよ」

「行った所がちょっと遠かったから……」

「塚越さんの田舎のお兄さんから送り物が届いていますよ」

「ずいぶん重たいわ。何が入っているのかしらね」

塚越は三男三女の六人兄妹の下から二番目で、下の妹だけ横須賀に住んでいるほかは、二人の兄たちも姉たちもみな新潟県、福島県、山形県とに住んでいて、県こそ三県に跨がってはいるが三つの県が手をつないでいる県境に近い所のために、地図で見てもそれぞれ近い所に固まっているようにみえる。

十二月八日の結婚式には全員出席してくださって、「似合いの夫婦だ」「優しそうな嫁さんで安心した」と喜んで帰って行かれた。実家のお兄さんは、「都会の住宅不足から絹子さんのご両親の家に同居して、お世話になるようになってしまったことは本当に申し訳ないことです」と律儀に何回も頭を下げられて、「正月には実家のほうでも近所や、親戚にお披露目の宴席を設けるので、寒い雪国ですがご両親様にもご出席いただけたら幸いです」と懇請されて帰って行かれたばかりである。

もう時計の針は、十二時を過ぎて午前に切り替わったというのに塚越はまだ帰らない。

さっきから、ドッタン、ドッタン、外で変な音が聞こえるけど、なんの音かしら?

耳を澄ます絹子に「マツゥーラァーのツゥーシだぁ!」「マツゥーラァーのツゥーシだ

ぁー」と動物のように呻いている塚越らしい声が入ってきた。

外へ出て見ると、塚越が身を捩って、お隣の塀にもたれていた。真夜中のことでもあるし、ご近所迷惑も甚だしい。グデングデンに酔っ払っていて、もうこれ以上一歩も歩けない状態の塚越を引きずって来て、やっと家のなかへ引き入れた。

それからがまた大変だった。

「マツゥーラはだいだいおやかたさまなんだぞう。だいだいがな、いんごうなんだぞうー」と、大声で喚きちらしながら、畳を叩くは、喚くはを繰り返し、「いんごうでじゅうもじだー」「いんごうだっていうのを覚えておけぇー」と言いながら、手子摺《てこず》る絹子にやっと上着だけは脱がせて、敷いてある蒲団の上にドサッと倒れ込んだ。

やっと静まってくれたわ。これじゃーお父さんお母さんたちも、びっくりして目を覚ましてしまったに違いないわ。明日の朝には、ちゃんと謝らせなければならない……。と、思ったそのとき、ガバッと半身起き上がった塚越が、盛大に噴水のように嘔吐し始めた。

花嫁道具として両親が調えてくれた真新しい敷蒲団、掛け蒲団、毛布もシーツも「オエッー、オエッー」っと吐き出す『臭い汚物』に凌辱されていく様子は、絹子の体を凍らせてしまった。

「これが結婚っていうこと？　これっきりっていうことじゃなくて、こういうことは今後も続くかもしれないっていうのを我慢していくのが結婚っていうことなの？」

今日一日かけて終着駅の三峰口まで行き、せっかく纏めてきたものがまた根底からひっくり返されてしまった悔しさが譬えようもない悲しみに変わった。

塚越は嘔吐物にまみれていないところを器用にも見つけ、端っこのほうに体をかがめて猛獣のようないびきをかきながら死んだように眠り込んでしまった。

なにしろ真夜中なので形の残っている嘔吐物だけはタオルで寄せ集めて拭き取り、応急処置だけをした絹子は隣の納戸の部屋に移り、綿入れ半天を頭から被るように着て、寒さに震えながら小さい火鉢を抱いて一睡もしないで朝を迎えた。


絹子は朝から大変だった。汚れたシーツに蒲団カバーが二枚、枕カバーも洗い、特に、大きい蒲団と毛布の部分洗いは、何の経験もない絹子にとって工夫と労力が要った。それに、塚越が着たまま寝てしまったＹシャツや下着は、早く洗って早く乾かしておかないと持ち数がないから明日着て行く分がなくなってしまう。

現在のような便利な洗濯機などは、一般の家庭にはまだ影も形もない時代だったから盥《たらい》に濯ぎの井戸水を汲むだけでもそれは大変なことだった。

洗濯物が多すぎて物干し竿がいっぱいになってしまい、部分洗いをした蒲団二枚と毛布の干し場に困ってウロウロしている絹子を見ていた母がやっと助太刀に現れ、庭に薪を並べ、戸袋から引き出した雨戸を置いて俄か干し場をたちまちのうちに作ってくれた。

「お母さんありがとう。昨夜はお騒がせしてごめんなさい。お父さん怒っていたでしょう?」

「え、かなりね」

「ほんとにご迷惑かけました」

「塚越は酒乱《しゅらん》だったのだな。って」

「しゅらんって?」

「酒に酔うと暴れる癖がある人のことを指して言うの」

「治るの?」

「お酒さえ飲まなければね。酒乱の癖は、お酒を飲んでいる限りはほとんど死ぬまで続くっていう話を聞いてますよ」

「あーあ、どうしよう」

「暴れている最中は口答えしたり、逆らったりするとますます逆上してくるそうだから、酔いが醒めてくるまでじーっと我慢して、抵抗しないでいるよりほかないらしいわ」

「うーん、あーいうのを酒乱っていうの。酒乱っていうことがいままでにわかっていたら、私絶対に塚越と結婚なんかしなかったわ」

「前途多難な船出をしてしまったわね、絹さん」

「あの人、俺はマツゥーラァーのツゥーシだーと言いながら、だいだいいんごうで、じゅうもじだーって訳のわからないこと言い続けていたんだけど、何のことなのかしら?」

「うーん、お母さんの判断では、代々が院号で十文字の戒名を持っているんだぞっていう意味のように取れるけど?」

「代々が因業《いんごう》だー。ではなくて?」

「結婚式にお見えになったお兄さんやお姉さん方をみればわかるでしょう。あのようなお人方は世に言われる、因業なお家で育った方々ではないわよ」

「そうかあ、因業じゃなくて、院号なのねぇ。だけど院号で十文字戒名っていうのもわからないわ」

「お位牌よく見てみなさい。戒名が書いてあるでしょう。家はお父さんも、お母さんも、長男、長女ではないから大きいお仏壇らしいお仏壇ではないけど、ここに大事にしているご先祖様の過去帳があるからよく見ておきなさい。初代様からのお戒名とお命日が全部書いてあります」

「一、二、三、四、五、六、七、八、九、十、十一、あーらお母さん、みんな十一文字あるー」

「蓮池院様、永寿院様、玉光院様、親桜院様、と続いて、みな院号が付いているでしょう。戒名は真言宗、曹洞宗、天台宗、浄土真宗、その他いろいろある宗派によって、付け方も違い、院号と言ったり、道号とも言ったり、そうそう、釈《しゃく》と付ける宗派もあるのよ。絹さん、この際だからお母さんがあなたにしっかりと言っておきたいことは、戒名の字数が多いからと自慢したり、二文字か三文字しかない戒名を持った家の人だから、と言って見下したり差別したりするような人にだけは絶対ならないようにね」

「わかったわ、お母さん」

「絹さん、後はそのマツゥーラの何とかって言うのね」

「そう、マツゥーラのツゥーシ」

「何のことだろうね。これはお母さんにも判断できないねぇ」

「何語なのかしら？」

「今の絹さんの胸中はただもう悔しくて、悲しくて、きっと大混乱状態だと思うけど、『あー今日はお天気で助かった！　雨が降っていたらどうしようもなかった！』という具合に何かいいことを一つでもいいから見つけるのよ。真っ正面からだけ見てないで、違った面からも物事を見るようにするのよ。そうするとほんのちょっとだけでも『ゆとり』が生まれてくるものよ」

「雨戸もそうなのね。夕方になったら戸を閉めて、朝になったら開ける物。としか見ていなかったんだわ。でもお母さんのように見方を違えれば、今あんなに都合よくお蒲団を乾かしてくれている物干し台にもなるんですものねぇ」

「大分乾いてきたようだから、下側も乾くようにひっくり返したほうがいいわよ」

「はーい」

このとき母に教わった〝発想の転換術〟は、絹子の〝脳内革命〟になってそれから後の生き方に役立ち、現在の絹子の人格が形成されたように思う。

一方、塚越の酒乱癖の疑いは、疑いの領域を越して本物化し、またもや蒲団に前回同様のことをされてしまった。その夜もまた、例の「マツゥーラの……」で始まったのだった。物陰に置いていた洗面器を当てることも間に合わなかった。

絹子の堪忍袋も、もはや限界にきてしまい、甲斐甲斐しく世話をする気などはもうどこかに霧散して、ひたすら腹が立つばかりとなって、顔や首などに蛸やらラーメンやらの吐瀉物を付けたままにして勝手に眠らせてしまった。

「これで懲りるかもしれない？　懲りないかもしれない？」を賭けたのだ。

始発駅

昔のことが次々と鮮明に浮かんでは消え、浮かんでは消えしてまどろんでいるうちに、まだ昼食も摂っていなかったことに気がついて起き出したのはもう夕刻近かった。

絹子は今日初めての温泉に入りに行き、手足を伸ばしてゆったりと出湯に浸っていると、先ほどまで思考していた光景がまた思い出されてきた。

あのとき私に見放されて、グッチャングッチャンのなかで眠り込んでしまっていた塚越は、朝早く目を覚ました時点であまりの惨状から朝風呂に入りたくて入りたくて堪らない様子を見せながら、部屋のなかを行ったり来たりしていた。

その当時はまだまだ何もかも物不足の時代で、燃料にする薪なども高かった。ジリッ、ジリッっとインフレも進みだしていたし、ほとんどの家庭が汗をかかなくなった冬場には毎晩毎晩、お風呂は沸かしていなかったし、沸かせない時代でもあった。

それなのに父も入ったこともない朝風呂をたてて、塚越に入れさせるわけには絹子にも到底できないことだった。

塚越はしぶしぶ火鉢の上の薬罐《やかん》のお湯を使って、頭を洗い、ついでに首なども拭いて苦虫を噛み潰したような顔をして、朝食も摂らずに出勤して行ってしまった。

いま考えてみると、どうもこのときから絹子の父親と塚越の確執が始まったように思われる。

でも居直った絹子の荒療治のお陰で、その後はもう蒲団には吐かなくなった。結婚一ヵ月足らずの新妻の逆襲である。そして絹子は微かーなふりをしながら、塚越に対して徐々に徐々に、自分の意志を貫き、一人の人間として生きていけるだけの強い足腰を持つ自覚に目覚めたのであった。

塚越の実家のお兄さんからはしょっちゅう、米や味噌、漬物などが届き本当にありがたい思いで大事に大事に頂戴していた。

数日間、平和に治まっている日があって、その機会を捉えた父が、「塚越君、正月に絹子を連れて我々二親も来て欲しいという、結婚式のときのお兄さんからのご要請だが、諸般の事情で行けなくなったからよしなに」とやんわりしたなかにも意味を持ったものと感じる言い渡しがあった。

父に「絹子、お前さんはどうするんだね？」と聞かれた絹子は、

「はっきり言って、私、行きたくありません。今の心境でお伺いしたら楽しそうな顔も、朗らかそうな顔も、役者じゃありませんからできそうにないんです。無邪気にニコニコ顔して大勢集まったご親戚やご近所のみなさんの間を、お酒を注いで回ったりすることはできないんじゃないかと思います。だってお酒の匂いを嗅ぐのがとってもイヤなんですから」

「そうか、そうかもしれないな。なあ塚越君。今は民主主義の時代だから、個人の意見というのも聞いてやらなければいけない時代だ。絹子の気持ちを察してやってくれ」

と言って、さらに「絹子は今、酔っ払いアレルギーにかかっているようだ」と釘をさし、「こんな絹子の状態では失礼なことをしてはいけないから行かんほうが良いだろう」とビシっと決めてくれた。さすが父親の権威ある採決だった。

そういうことがあった昭和二十七年もいよいよあとわずかというとき、また外のほうでドッタンバッタン大きな音を立てているのが聞こえてきた。きっとまた大虎のお帰りだな？　絹子は素早く立ち上がり風呂場から洗面器を持って来て、塚越の入って来るのをジーっと待っていた。前のように、家の外まで迎えに出るのはもう止めにしていたのだった。そのうち静かになってしまったのになかなか入って来そうもないので、窓を細めに開けて見ると塚越の姿が消えていなくなっていた。ヨロヨロしながら駅前まで戻って、また飲み直しをしに行ってしまったらしいのだった。

小一時間くらいたった頃、大酔っ払いにできあがった物体が玄関に転がり込んで来た。例によってまたまた「俺はなぁ　マツゥーラーの……だぁ」の連呼が始まった。絹子は後ろ手に洗面器を隠し持って横にいたが、「お茶だ。お茶だー。お茶をくれー」と言うので、火鉢から薬罐を下ろして急須《きゅうす》にお湯を注いでいたその瞬間、ガバッと火鉢の真ん中辺りに吐いたからたまらない。火山の噴火状態になった灰神楽《はいかぐら》の灰ぼこりが部屋中に灰を吹き上げてしまったのだ。火鉢に顔を突っ込んでいた塚越は、灰をもろに吸い込んでしまって窒息状態になり、咳き込んでも咳き込んでも鼻や喉の粘膜に付着してしまった灰が取り除けるはずはなく死ぬかもしれない状態にまでなってしまった。泥酔、酩酊の極致での窒息だから、苦しんだの苦しまないのってこれには絹子も驚き慌てふためいた。

塚越はまだ「フギャーフギャー、アファフ、ゴッホン、ゴッホン。ウエッ、ウエッ」と苦しんでいる最中だが、絹子は部屋の掃除も早くしなければ飛び散った灰が動く度に舞い上がるので、新聞紙を水に浸し固く絞って千切ったものを畳に撒いて、箒で掃き集めた。

茶箪笥や棚の上は明日することにしても、掃いた後の畳にはまだ灰が残っているので、次は雑巾掛けをしなければならなかった。この当時は掃除機などもちろんなかった。

塚越はなおも苦しんでいる最中だが絹子の心の片隅に、『自業自得なんじゃないの』という気持ちが芽生えていなかったとはいえない。

あとは火鉢のなかの嘔吐物の片付けが大仕事だった。とにかく、間もなく明日に近い深夜の出来事だから声を出すのも控えなくてはいけないし、台所の行き帰りも音を立てないように、抜き足差し足で、まるでコソ泥のようだった。

両親の目を覚まさせてしまうから庭のスコップを取りには出られないし、思案した絹子は鍋と消し壺と、おたま杓子の三点を持って来て、まず火鉢の半消えの炭を消し壺に移して、あとは仕方がないから嘔吐物はおたま杓子を使って何回にも分けて鍋に取り、取った灰が火事の元にならないように鍋の蓋をきっちりと被せて、玄関のコンクリートの上に置いて来た。

全てが終わるまで一時間はかかった、深夜の作業であった。

『何であんなに吐くのだろう?』の疑問が絹子には残った。『どこか悪いのかしら?』『私にかまってもらいたくてわざとしているのかしら』『優しく背中でもさすってくれる母性を求めてやっているのかしら』などに加えて、謎の言葉『マツゥーラのツゥーシ』もわからぬまま、昭和二十七年は暮れたのだった。

そして迎えた昭和二十八年のお正月。塚越は暮れの灰神楽騒ぎで咳をし過ぎて、喉を痛めたのがまだ良くなっていないらしく、気管に入ってしまった灰の残存不快感もあってか、体調も振るわず、自らは酒を欲しがらない正月となった。

絹子の姪や甥たちがみんな賑やかに集まって来て、「玉葱と干し海老に切りいか」「長葱の細か切りと煮干しの刻み切り」「ささがき牛蒡」「紅しょうが刻み」などの、醤油をかけて食べるお好み焼き風が大受けで、長姉の長女、幸保（その当時は小学五年生）が小麦粉を混ぜたり、焼け具合をみたりと、こまめに手伝ってくれたものだった。

その幸保が東山真実と結婚して、今は絹子の家の敷地の半分に家を建てて住んでいるのである。

「あれから長い年月がたってしまったんだわ」と絹子は鹿教湯のお湯に涙した。

灰神楽にはかなりのダメージを受けたらしく、それはそうでしょう、脇で見ていた絹子でさえ、『この人、もうここで死んでしまうのではないかしら?』と思ったほどだったのだから、本人にしてみれば、如何《いか》ほどの苦しみだったか、その後吐くほど飲んで帰ることがなくなったことで証明している。

ミニ噴火口に首を突っ込んでの事故死を免れ、やっと卒業したようだ。

でも、でも、塚越には家族制度の尻尾がまだまだ切り落とせずに残っていたから、「暮れに渡した一万一千円の使い道を点検するから、家計簿と赤鉛筆を持って来い」と言い出した。絹子はカッチッーン！　と頭にきてしまった。

「なんだこれは、秋刀魚《さんま》二匹で三十円だとっ！　秋刀魚は三匹、二十円で売っているっ」と言って赤鉛筆でグイっと線を引いたのだ。絹子は総身に鳥肌がたった。

「どこで売っているんですか？」

「朝霞《あさか》で売っていた」

「朝霞のほうまで買いには行けません」

なにも朝霞まで行かなくても、この近所の魚屋にだって〝三匹、二十円〟の秋刀魚は確かに売っている。でも絹子は、安いことは安いが〝秋刀魚みたいな秋刀魚〟よりも、ほんの少々高くても〝秋刀魚らしい秋刀魚〟のほうを選ぶ主義なのだ。

吐くほど飲まなくなって、「やれやれ助かった！」と思っていた矢先の絹子にとって、一難去ってまた一難の年明けとなった。

あまりにも違う価値観・生き方・考え方・処し方。もしかすると、去年の〝吐きまくる〟

陽動作戦のほうがまだ単純で、家長として威張りまくりたい尻尾が付いている限り、今度は陰《いん》に籠もってしまい、ますます奥深くなっていくかもしれない。

母に教わった〝違う面から見てみる〟手法で読んでみれば、『オモシロクナッテ来タ』ぐらいの余裕を持ったほうが、楽に受け流してしまえるかもしれない。

翌日、絹子は広ーい海と、高ーい空が見たくなって、駅に向かった。

「やっぱり終着駅がいいわ」

そして乗り換え乗り換えしながら、銚子電鉄に乗っていたのであった。

太平洋を一望する〝犬吠埼《いぬぼうざき》の灯台〟を眺めながら、じっくりと考えてきたことを翌日母に告げた。

「お母さん、私、お勤めに出るわ」

「そう、絹さんがそう考えたのなら、そうすれば。でも塚越さん何て言うかしら?」

「何て反対されても、私、押し切る」

「まつ姉さんの家に行くときに渡る第二踏切の所で、〝経理のできる女子事務員募集〟の貼り紙を見たわ。たしか年明け早々だったからもう駄目かもしれないけど」

「あの踏切の近くね。善は急げ。思い立ったら吉日。これからすぐに行って見て来ます」と言って家を出た絹子は、その付近の計理事務所をすぐに探し当てて門をくぐった。

計理士の先生が出て来て、三センチほどのゴム印がたくさん入っている箱を開け、「このゴム印のなかから、貸借対照表《たいしゃくたいしょうひょう》に載る勘定科目を借方《かりかた》と貸方《かしかた》に、損益計算書に載せる勘定科目をやはり借方、貸方にして並べて見なさい」と言われ、絹子はいとも簡単にチャキ、チャキと軽い音をたてながら素早く整然と並べてしまった。

「明日、履歴書を持って出勤して来るように」ということで採用が即決されてしまった。

その日から絹子の運勢が決まったのだった。

久しぶりの〝昔とった杵柄《きねづか》〟が、〝水を得た魚〟のように復活した絹子は仕事が面白くてたまらなかった。

あまりバリバリやってしまうので、計理事務所で受けている帳簿記入事務がたちまち片付いてしまい手持ち無沙汰になった頃、踏切のこちら側にあって、絹子の家からは五〜六分の近さの所にある「税理事務所」にも兼務してもらえないか？　と頼まれてしまった。

戦後八年目、いまだ何かと市場も定まらず〝計理士の先生〟と〝税理士の先生〟が、それぞれに持っている知識と情報とを交換し合って共存している感じを絹子は洞察した。給料は二事務所それぞれ六・五％ずつを出し合って、合わせて一三％と決まり、毎月九千百円が得られるようになった。普通だったら、七千円ぐらいがよいところなのに、絹子は両方の事務所をかけ持ったおかげで、高収入が得られるようになったのだった。

戦争中は軍専用の仕事を請け負っていた会社も平和産業に続々と切り替え、戦争色の濃い社名の変更やら、増資やら、また独立した人の新会社の設立やらの文書作りなども手伝うようになって、絹子はますます仕事に没頭した。

かくして塚越が家長の尊厳をかけて行った、「家計簿点検」もあえなく失敗にと追い込まれてしまったのだった。

昭和二十八年六月末日。絹子は、両手に持った給料袋を母に見せて母に感謝した。

塚越の実家のお兄さんは、率直にいえば「嫁の親の家に転がりこんでいる」我が弟を思い、絹子の両親にも大変な気兼ねをして、春浅い頃は雪を掻き分けて掘り出したという、珍しい黄色いあさつきを、春らしくなった日には、蕨やコゴミを、そして蕗の薹で作った

〝蕗味噌〟には「雪国にも訪れた春の香りを楽しんでください」の手紙も添えてあった。

厳しい寒さの冬を越すための知恵から生まれた塩漬けの茸、などの心尽くしの品々をいただく度に絹子は母と一緒になって、襟巻きとか靴下とかをせっせと編んでお送りした。特に、ご夫婦お揃いにと、色違いで二枚編んで送った、ゆったり寸法でラグラン袖仕立てにしたカーディガンは「着やすい、着やすい」とたいへん喜んでいただいた。

絹子の日常が、昼間は勤務、夜はラジオを聴きながらの編み物、とパターンが決まってしまった頃から、塚越の帰宅時間が毎晩毎晩、朝方になってきた。

土曜の夜は徹夜のマージャン。日曜は競馬の開催があれば競馬に熱中し、ゴルフは歩くのが面倒臭いという価値観からほんのお義理程度。

夜いくら遅かろうが、絹子は「ここを綴じてしまうまで帰って来ないといいな」と思ったり、「このラジオの対談、終わりまで聴きたい。それまで帰ってきませんように」と、遅い帰りを願うようになってしまっていた。

そんな妻の変心を塚越は知るや知らずや、「俺は女にモテモテなんだぞっ。どうだい！」的なポーズを示してくる。「もてないより、もてるほうがいいんじゃないですか。熱海でも湯河原でも誘ってあげたら」と、いなしてしまうから塚越もデモンストレーションの甲斐がない。

絹子は編み物をしながら、あの自称〝モテモテ男〟は、女性が「お寿司が食べたいな」と思っているのに、「今夜は泥鰌《どじょう》屋に行こう」なんて女性の嗜好をまったく無視して勝手に泥鰌屋に連れて行ったり、ラーメンが食べたい気分なのに「日本では日本蕎麦が最高だ！」なんて言って、自分本位の一方通行を押し通すことが〝男らしい男〟だと思いこんでいい気になっているんだろうな。なかなか熱海や湯河原までは漕ぎ着けないんじゃないかしら？　もし漕ぎ着けたとしたら、「どうぞ宜しくお願いします」ってそのお相手にあげてしまうわ。「ウフフー」なんて独り笑いしてしまうこともあった。

でも笑って済ませない現実もある。

B・M社が倒産して解散した後、塚越は大手の損保会社に就職したのだが、絹子は結婚以来、塚越がいくらの給料を、いつもらっているのか知らないでいる。

家長を標榜する塚越にとっては、妻になど知らせる必要はない事項に入っているらしい。「生活費を入れてください」と催促をしてみたら、「俺は朝飯をちょいと食うだけだ。それもあまり旨くもないのをな。夕飯はほとんど食ってない。俺の実家から、米だの味噌だのと食い切れないほど送って来ているんだろう？　あれはどうしちゃっているんだ？」と言う、いとも寂しい返事が返ってきた。

絹子は「あれはどうしちゃっているんだ？」の言葉に、言いようもない塚越の心の貧困さを知り、心が凍りつき、人間性に悲哀を感じてしまった。

このとき行った終着駅は、新宿～立川～拝島を通って行く、青梅線の奥多摩駅だった。

そして、塚越の〝寒い性格〟はおそらく死ぬまで直らないなっ。の覚悟を固めて帰りの電車を待った。

覚悟が定まれば、もういままでに溜まったウジウジは、また、この終着駅に置き去りだあ。

しかし、二十五年前に起きた大紛争は凄まじいものだった。ちょっとやそっとの問題ではなかった。深い爪痕を残している。

会社の創立何十周年記念日とかで珍しく平日に家にいた塚越が、郵便受けに入っていた絹子宛の固定資産税（土地）の納付令書を見つけ、目の色を変えて絹子の帰りを待ち受けていた。

「これは一体何ていうことなんだっ！」

「こんな使いもせん土地なんか持っていて、ムダに高い税金を俺に黙って払っていたのか！　一体いつの間に買ったのだぁーっ」

「こんなものすぐに売っ払ってしまえーっ」

「こんな知恵、お前につけたのは誰だったんだっ！」

「誰に知恵つけられて買った、ん、だっ！」と真っ青になっての矢継ぎ早。

 こともあろうに、亡き両親を暗に持ち出してきた。これは許せない。両親への侮蔑だけは絶対に許せない。これ以上この場にいたらとんでもない言葉の応酬になる。

絹子は一言も発せず大急ぎで通帳と印鑑、実印を持って家を飛び出した。

行く先に当てもなかった。外は暗い夜になっていた。タクシーを拾ってとりあえず駅に出た絹子は、ホームに入って来た電車に飛び乗ってしまった。何処行きの電車でもよかった。

原因となったそもそもの話は、昭和三十年の暮れに始まった。

その日はちょうど計理事務所のほうに出勤していた絹子は、事務所を訪ねられたお客様と、計理士の先生との会話を脇で聞いていた。

「大きな農家の東側の竹藪なのだが、手が付けられないほど大荒れの荒れ放題。しかも傾斜地で南北に細長い。まだ測量はしてないけど整地をすれば百坪近くはあると思う。それを三十万でいいから早急に手放したいと言っているんだけど、先生、誰か買ってくれそうな人いませんかねえ?」

大晦日が目の前に迫っていた時期だった。

家に帰った絹子がその話を母にしたところ、

「絹さん、あなたは今、どのくらい自分のお金を持っているの?」と聞かれた。

「一生懸命頑張っているんだけど、六万八千円ぐらいしかないの」

「んー、よく頑張っているね。そんなに貯めたの? だって塚越さんは毎月ギリギリの額しかあなたに渡してくれないのでしょ？」

「お母さん知っていたの？」

「何となくね」

「本当のこと言うとお母さんにご心配かけるから、ずーっと黙っていたけど全然もらえない月もあったりして……それは忘れているのか？　わざとなのか？　どっちなのかがわからないから聞き出せないの。ほんとは聞くのがイヤなの。だからそういうときは黙って私のお給料でまかなっているけど、お家賃も払わないでお父さんお母さんにお世話にばかりなっていて申し訳ないと、私いつも思っているの」

「大体そんなことかもしれないとうすうすは感じていたけど、その土地の話、今夜お父さんが帰られたらしてみるわね」


そうしてその土地は、測量に父が立ち会い、代金の不足分も父が立て替えてくれて、支払時には計理士の先生とその話を持ち込んだO氏とが立ち会って、絹子名義になった登記簿謄本と引き換えにするという堅実な方法がとられたのだった。

どこ行きかもわからないで飛び乗った電車は、王子駅に停事した。

（どこまででもいいわ。もう少し乗っていましょう）

絹子は追憶を続けた。


土地持ちになった後の絹子は心にゆとりが生じ、両親に立て替えてもらったお金を少しずつ返済するのが楽しかった。

土地の話が出たときに言った母の言葉も思い出される。

「何でも物事は〝縁〟が運んできて〝運〟が生まれるのよ」


その後、昭和三十二年に絹子に一大変化が訪れた。

竹藪の話以来、大変お世話になっているO氏から、

「いよいよ満を持して歯車の製造工場を立上げることになったから、ぜひ我が社に来て、経理面を担当していただきたい」

「がっちりと経理が固まっていれば鬼に金棒。あとは工場で技術の向上と生産の向上だけに全力で当たれる」と要請されたのだった。

さらに「あの竹藪の測量のとき、貴女のお父上とお会いしているが、あのようなお父上に育てられた貴女を見込んでの話なのだから、これはぜひとも受けて欲しい」と、何度も懇請されたのだった。

「でも私、工業簿記はほとんど習っていませんから自信がありません」と固辞し続けたが、はからずもO氏が洩らした「ご縁があるのです」の言葉に、母の言っていた、〝縁と運〟の話を思い出してありがたくお受けすることにしたのだった。

「私には〝深い訳〟があって、大事な金庫を守ってくれるお方には感謝を込めた報酬を差しあげる方針で会社を作っている」と言われ、破格の高給をいただくことになってしまった。

おそらく塚越の収入は追い越しただろう。高収入を得るようになっても絹子の生活ぶりは何の変化も見せず、計理・税務・両事務所の掛け持ち時代と同じ生活を続けていた。

そして次の年の暮れ、

「こんなにたくさん頂戴していては申し訳ありませんから、毎年、暮れには一ヵ月分のお給料に当たる金額を、恵まれない子供たちのために寄付させていただきたいのです。匿名でするつもりだったのですが、会社の名前を使わせていただいて宜しいでしょうか？」と願い出た。

O社長の目が見る間に潤み、声を詰まらせながら、

「私の子供時代も恵まれなかった。私には〝親〟の記憶がないんだ」

「……」

「私は幼いときから、ただただ働いて働いて、働き抜くしか生きる方法がなかった」

「だからこそ、このような立派な会社を起こされたのではありませんか。産んでくださったご両親は、片ときも忘れずに見守っていてくださってますわ」

「ありがとう」

O社の創立時に招かれてから十三年がたった昭和四十五年。

絹子も経理部長としてますます堅実、浪費の引き締め、福祉の充実などにも細やかな女

性の特性をもって社長に応え、性能のよい特殊歯車は広く認められるところとなっていた。

春、四月。花見から帰って来た母があっけなく亡くなってしまった。心筋梗塞だった。そしてがっくりと力を落としてしまった父も、母の四十九日を待たずして旅立ってしまった。

「真似もできない仲良し夫婦だったもの、きっと二人して手をつないで行きたかったのよ」

絹子は姉たちと抱き合って泣きあかした。

「私には親の記憶がないんだ」と言われたO社長のことを慮《おもんぱか》れば、絹子はいつまでも泣いているわけにはいかなかった。

四十一年間も一緒にいられて、十分に親の愛、親の恵みを享受できたのだから……。

絹子には長く休めない勤務が待っているので、父母没後の整理は一切三人の姉たちにまかせて、あり合わせの借家に引っ越していたのである。

そして四年が過ぎ……　『この土地は何だ！』事件が起きた。

会社から帰った途端の出来事だったから通帳と印鑑、実印を持ち出すのがやっと。タクシーに飛び乗り、そして電車に飛び乗ったのだから、泊まる場所の当てもなかった。

姉たちには〝大酒乱〟のことも、しょっちゅう起こる悶着なども一切秘密にしてきたから、「キコチャンのところは子供がいないから教育費もかからないし、二人で働いているんですもの、お金が残って残ってしょうがないでしょう？」と羨ましがられてきていた。

その度に「私たち夫婦揃ってお金残しが下手なオバカサンなの。似た者夫婦なのね」などと煙に巻いて、周りにはいかにも暢気《のんき》そうに暮らしているお気楽夫婦のように見せていたから、いまさら姉の家に「喧嘩しちゃった！　泊めて！」とは言えない状況を作りあげてきていた。

亡くなった母にさえ微に入り細に入っての繰り言は言っていなかったし、親友にも隠し通してきた。全てを知っているのは、〝終着駅〟のベンチのみ……を守ってきた。

だから、O社長が絹子をあまりにも重用するのには何か訳ありではないのか？　が発展して、「愛人」ではないのか？　などと言った噂を絹子の耳に入れにきた人にも、

「あらまっ、私、愛人なんて一人いればたくさんよっ」

「えぇっ？」

「私の愛人はね、すっごくヤンチャで、我儘で、ものすごーい甘ったれなの。いっつも私にくっついて甘えてばかりいるのよ」

「そんな人、どこにいるの？」

「それはね、家の旦那さまでーす」などと聞かされてしまえば、立った噂も消えていった。

『愚痴は一切こぼさない』主義の絹子の生き方は、こういう面でも身を助けてくれたのだった。

さて、そんな訳で姉の家にも、親友の家にも泊まりには行けない絹子だったが、会社は急には休めず、川口駅前にある「友愛センター」のホテルに宿泊し、連日ホテルから会社に通って事務を執り、一段落したところで休暇をとって中央線の松本までの切符を買ったのだった。

離婚届に署名捺印したものをしっかりと持って、松本駅から松本電鉄に乗り換えて行く〝終着駅〟「新島々《しんしましま》」を選んでいた。

駅前からタクシーに乗り、「上高地《かみこうち》まで」と頼むと、「お客さん、上高地はどちらまで行かれるのですか?」と聞かれた。

まさか「死ねそうなところまで」とは言えず、「まず有名な河童橋へ」と言うと、タクシーや車両関係は河童橋の手前までしか行けない規定になっているので、行けるところまでは行きますが、あとは歩いて行ってください、と言われた。

「今夜の宿はどちらへ?」と重ねて聞かれたので、「河童橋の近くです」と答えると、「それならお客さん、大正池から田代池を通って梓川の橋を渡り、渡ったら右のほうに向かって進んで行くと、左側の岩に上高地を愛した『ウェストンさん』のレリーフがはめ込まれてあるのが目に入るから、それを見たらまた川に沿った道を進んで行けば自然に河童橋に行き着いてしまうんだから、私としてはぜひお薦めしたいコースですけどね。

上高地へ来たからには、まず大正池からですよ。グヮーンと目に飛び込む、吊尾根から下がる岳沢を中心にして、左に奥穂高とそれに続くは西穂高。右には前穂高に連なる明神岳の峰々ですよ。私は大正池からの大景観を見ずしてなんの上高地やと思いますね」

絹子は運転手さんの勧めに従って、大正池の入り口でタクシーを降りた。

大正池の名は、大正四年に大爆発を起こした焼岳が梓川を塞《せ》き止めてしまったためにできた池だから大正池というのだそうだ。ところが活火山の焼岳は昭和三十七年にまた爆発して、今度はせっかくできている池を埋めにかかった。と、タクシーの運転手さんが教えてくれた。焼岳は大正池を抱くようにして地底のマグマの怒りを蓄え、君臨していた。

翌日は河童橋を起点にして小梨平を通り明神橋まで行く、約一時間のコースを選んだ。遠くに、あるいは近くに、生命《いのち》を歌う鶯やカッコウの美声を愛でながら、ゆっくり歩を進めて穂高神社奥宮にも参拝し、明神池の周りを心静かに回ってみた。幻想的で神秘な佇まいを総身に感じながら、「上高地で死んでやるっ」なんぞと怒りにまかせてこの大自然に足を踏み入れに来た自分の小ささを恥じた。

昨日降り立った〝新島々駅〟に絹子は再び戻って来た。そして、「あっ、終着駅は、『始発駅』でもあったのだっ」と気がついた。

飛び出して一週間後、絹子は家に戻った。

「私たち、借家生活いい加減で終わりにしましょう。せっかく持っている土地を活かしましょう」

「家なんか建てたって、譲る者がいないじゃないか」

「子供がいなくても家を持ってる人は、いっぱいいます」

「いくら金がかかると思っているんだ」

「小さい家でいいのよ」

『とにかく、いくらかかるのか大工さんに来てもらって話を聞きましょう』全てはそれから、ということにして七日間にわたった一連の騒動を絹子が治めた。

しかし絹子は家出中に離婚届を取り寄せ、自分の名前を書き入れ、しっかりと印をついたものを持っており、不退転の重大決意を内に秘めていた。

最初に来た大工さんとは「意見が合わない」と言って塚越が喧嘩をして断わってしまい、次に頼んだ別の大工さんも塚越の言いように大分辟易してげんなりしてしまったようで、『上棟式が入っている』とか、『急な用事ができた』とかで二度と来てくれなかった。

三人目の大工さんも塚越が連れてきたのだが、「旦那、私は何と言われても我慢しますけど、『あの大工は……』『その大工は……』と、仲間の悪口を言われるのだけは勘弁してください。私たちも職人ですから、みんなが気持ち良く仕事させてもらいたいんですよねえ。

建て主さんと呼吸《いき》が合うと、『良い仕事しなくちゃ！』と張り切ってしまうんですよね。私の親父は宮大工《みやだいく》でしてね。〝誇り〟を持てる大工になるように修業させられました。旦那、申し訳ありませんが、ご縁がなかったということにしてください」

と、断わりを言われてしまった。

大工さんに〝家〟を建てていただく……の絹子の気持ちと、大工に〝家〟を建てさせる……式の塚越の精神構造とは喰い違う一方だった。

絹子は、自分の老後を考えると、どうしても、家だけは確保しておきたかった。

（どうしてこんなに何でもかんでも纏まりがつかなくなってしまうんだろう）

絹子にふっと閃いたものが走った。（もしかしたら塚越にはお金がないのでは？……）

「建築費を半分、半分の、出し合いにしませんか？」

塚越は絹子をギョロリとひと睨みしただけだった。胸中はわからないままだったが建築に漕ぎ着き、登記も二人の名で行い、やっと現在の家ができあがったのであった。

ブレスレット

十日間の鹿教湯温泉保養も終わり、いよいよ最後の朝が来てしまった。

保養三日目に、五台橋上で榎原明と劇的な再会をして、その翌日には一緒に松本城までも行けたという、「夢なら覚めないで!」と思いながらの二日間も与えられた。

松本駅で明と別れるとき「今度のお彼岸の中日には、大宮の霊園に行ってお父様のお墓参りをさせてください」と頼み、そのときの約束も済ましておいた。

明が去ってからの毎日は四十八年間の回想に費やしていたが、留守宅では夫の様子がおかしくなっているという。留守を頼んできた姪夫婦が『心配しないで予定どおり保養を続けるように』と、いつ電話しても言ってくれるので、すっかりそれに甘えてしまっていた。

帰宅したら、予想もつかない状態になっているかもしれない。

絹子は、一週間前に明と一緒に松本に行ったときと同じ、九時四十三分のバスに乗って鹿教湯を後にした。

車窓の景色もうつろに、明と交わした会話の一言一句を思い出したり、反復したりしながらの思い出に酔いしれているうちに、バスはいつの間にか終点に着いてしまっていた。

「あっ、いけないっ、松本城に寄りはぐってしまった!」と悔やんだが、それよりも一週間前に明と一緒に行ったブライダルセンターで、カタログ注文しておいた品物を受け取る楽しみのほうが先決だった。

バスターミナルから外に出た絹子は、小走りでそのセンターに向かいドアを開けた。

「えぇっ」絹子は思わず自分の目を疑った。

「明さん!　いらしてたの?」

「絹子さんはきっとこの前と同じ時間のバスに乗って、真っ直ぐここにやって来ると確信していたから」

絹子の目からまたきれいな涙がこぼれおちた。

「今朝、随分早い時間にお家を出られたのでしょう?」

「埼京線と武蔵野線を使って、八王子に出て、スーパーあずさ三号に乗って来た」

「それにしても大変でしたわ。嬉しいっ! ありがとう!」

明が小さな声で、

「ここの支払い、あなたに全部お願いしておくわけにはいかんでしょう」

絹子も小さな声で、

「私、カードを持って来ていますから大丈夫でしたのに」

「いいや、それではまずいよ。僕の分は僕の気持ちを込めたものなのだから、今度会う約束の〝彼岸の中日の日〟まで立て替えていただくなんて、そんなことは駄目だ。きちんとすることはしておかないと落ち着けない。だから今日、こうしてやって来てしまったんだ」

「店員さんに詮索の目で見られるのいやだわ。共同出資という形をとりましょう。あとは私に任せて!」

カウンターに向かった絹子が「お互いの共通の知人に贈るお祝い品なので」と言って、二つを一緒のケースに納めるように頼み、祝品用のリボンまで付けてもらった。したがって、何の疑問も持たれずに支払いも半分ずつにして、明のカードからも、ちょうど半額の代金引き落とし手続きを淡々と済ませ、すべてが終わった。

外に出た絹子は一週間前の明との会話を思い出し、感無量になっていた。

奇跡の再会をし、二人で行ったトリミイロードで突然走り出してしまった絹子の行動に驚き、さらにまた「松本城でおかしくなって、帰り道がわからなくなり、この〝牛つなぎ石〟まで泣きじゃくりながら歩いて来たの」と言う絹子の話を聞いてしまった明が、

「僕たち何十万人に、いや何百万人に一人いるかどうかわからない奇跡の巡り合いをしたのだから、僕としてはもうひとつ、何か思いを込めた記念品が欲しいんだ。絹子さんはどう思う?」

「私には結んだハンカチもあるし、先ほど、お揃いのお箸もできたし、もう十分だとは思うけど、でもこれからも、二度でも、三度でもお会いできるためのものでしたら、それは欲しいわ。だって、何だか明さんに良いアイデアがおありみたいな感じがするんですもの」

「僕はね、絹子さんが何だかとっても危なっかしく思えて、見ていられなくなってきた。このまま放ってはおけない気持ちになってしまったんだ。このままじゃ悲しすぎるよ。僕にできる何かの方法で、あなたを護ってあげられることは……と思って考え考え歩いて来るうちに、身につけておける〝ブレスレット〟が一番いい、と思いついたんだ」

「ブレスレット？」

「お守り代わりと思って受け取って欲しい」

尋ねて行ったブライダルセンターでカタログを見ながら絹子が、「プラチナのこんな高価なお品を一方的にいただいてしまうわけにはまいりませんわ」……と言って辞退したから難行し、その結果、「それではペアで！　ということにしましょう。私は明さんからいただいて、その代わり、私からのは明さんに受け取っていただくの。ねっ、そうしてくださいませんか？」

ということに決まり、プラチナの同じ作り、同じ長さのものから絹子のほうの分だけはチェーンを一つ外してもらい、その分だけ若干短くした〝ペアのブレスレット〟の取り寄せを依頼しておいたのだった。

「この前、四時半に松本駅であなたと別れたあと、スーパーあずさ十二号が出るまでの間、二十分以上時間があったので、あなたが言い残してしまった六番線のホームに行ってみましたよ。あのホームの七番線のほうは松本電鉄になっているんですね。〝新島々駅行き〟の電車がちょうど入っていました」

「私、その新島々駅まで二十五年前に一人で行ったことがありますの……」

「何をしに？」

「……上高地」

とだけやっと言い、絹子は声をつまらせた。

「よーし決めた。今日はあのホームを楽しいホームに作り変えよう。あのホームで、このブレスレットの贈呈式をしよう！」

絹子の目から涙が光っておちた。

「何もかもありがとう！　明さん」


「さっ、この階段を下りれば思い出ホームだっ。

大袈裟だったけど、こういう包装にしといてもらってよかったね。さあ、『共通の知人に贈る記念品』をおもむろに開けよう。

うふふ、それにしても絹子さん、とっさに『共通の知人に贈る記念品』だなんて、良くもまあ思いついたものだね」

「ほんと、我ながら不思議！」

「こうして、外の光線で見るとまた違う輝きだ！」

「私ね、あそこで、『この二人、どういう関係なのだろう？』と胡散臭い目で見られたくなかったの。だって、こんなに美しく輝く私たちのブレスレットに、いやらしい空想をした、勘ぐりの視線を当てられると、なんだか濁って、曇ってしまいそうな気がしてしまったの。これは誰にも冒されず、一点の曇りもつけたくなかったのですもの」

「そういう気質はあの頃の絹子さんそのものだ。あの頃のあなたが時空を超えて、現在《いま》ここにいてくれる」

「それでは、私から明さんに！」

「左手にしてもらおう」

「はい」

「それでは僕から絹子さんに！」

「ありがとうございます」

「………」

「………」

「今日はこれからどうしようか？」

「篠ノ井線で長野へ出てみたいわ」

「こんなにちょうど良く乗れてしまって、とんとん拍子」

「十三時ジャスト。うまくいったね。滑り込みセーフだった」

「お話に夢中でお昼ご飯もまだでしたわね」

「車窓の景色がご馳走だ」

「この線、私初めてですの。以前から一度乗ってみたいと思っていましたから」

「ねっ、ブレスレット、燦々《きらきら》光り輝いているね」

「最高、よかったわぁこんなにいいものをいただいて！　生きていて本当によかったぁ」

「そうだよ。お互い、生きていればこそ！　だから体に気をつけようね」

「私ね、この旅行に、こだわりの名前をつけたい！　明さんは？」

「燦々《きらきら》旅行っていうのは？」

「あっ、とってもいいネーミング。この雰囲気は誰にもわからないところがいいですね」

「こだわりって、自分だけのものであっていいんだね」

「そうなの、それが極意！」

「速いね、特急だから松本を出たらあとは篠ノ井に停まるだけで、次はもう長野だ。聖《ひじり》高原も姨捨《おばすて》も停まらないでアッという間に通過してしまった」

「長野駅前でお食事をして、タクシーで善光寺様に行ってみましょう」

「絹子さんはいつ頃帰ればいいの？」

「姪には四時頃帰るって言ってあるのですけど」

「塚越さん、頸を長くして待っておられるでしょう」

「どうなんでしょうね」


「慌ただしかったけど、旅最後の〝名残《なごり》の蕎麦〟を一緒に食べることができた。僕はもう何も言うことなし！」

「冬季オリンピックで長野駅もずいぶん変わりましたわね」

「ここ始発のあさま５２６号がほら、もうホームに入っている」

「あさま５２６の〝始発駅〟なのですね。ここはあさまの始発駅。始発駅。し、は、つ、え、き！」

「始発駅。始発駅って何回もどうしたの？」

「また私が変になってしまった！　って驚かしてしまった？」

「あぁ、多少はね」

「ゴメンナサイ」

「大宮着は十六時十四分って言っている」

「そうすると、家に着くのは五時くらいだわ」


「浅間の山もよく見えたし、いい旅だった」

「おかげさまで最高のきらきら旅行でした。明さんはこの間と同じお揃いの靴を今日また履いて来てくださっているし……」

「あと十分ほどで大宮だね」

「ほんとに速い」

「ねっ、次のお彼岸に会うときまで、このブレスレットを交換しておかない？」

と言いながら、明が自分のブレスレットを手首から外し、絹子に渡した。

明の体温が残っていて温かかった。

絹子も大きく頷きながら、黙ってブレスレットを外し両手に包み、思いの丈を含ませてから明に手渡した。

明が、

「温かいよ。絹子さん」

と言って上着の内ポケットにしまった。


絹子は十一日目に帰宅した。

すっかりお世話になってしまった姪夫婦の家に、まず立ち寄って留守中の礼を述べてから、「ただいま!」「ただいま帰りましたぁー」と自宅に戻ると、キョトーンとした目をした塚越が現れて「どなた様ですか?」と聞いてきた。

「私よっ、私! いま、鹿教湯の保養から帰って来ました。長いこと留守して済みませんでした」

「私は耳が遠くて、お話がよくわからないんですよ」

「えー?」

裏口から姪の幸保が入って来て、

「叔父さんっ、叔母さんよっ、目の手術をした後、叔母さん、鹿教湯温泉に保養に行ってたでしょう。そこからいま帰って来られたのよっ」

「………」

「叔母さん、叔父さんなんだかわからないみたい……わからなくなってしまったみたい」

「いつ頃からこんなに？」

「いつ頃からって聞かれても、こんなになっているっていうの、幸保だって、いま初めて知ったんですもの」

「そう―」

「叔母さん、どうする？」

「どうするって言われても叔母さんも動転しちゃって、ほら、体がこんなに震えて止まらないのよ」

「とにかく、叔母さんお着替えになったら……」

「そうね、そうするわ」

「幸保、真実さんに電話してくる」

塚越は何のことやらもわからずに、視点の定まらぬ目をトロリと向けてリビングの椅子に腰掛けている。

「あのー、そちらさん、私は腹が空いて、腹が空いて、我慢できないんですよ。何か早く食べるものをいただきたいんですがね」

「はい、かしこまりました」

絹子は急いで裏口から出て幸保の家に駆け込み、

「幸保ちゃん、叔父さんにすぐ食べさせるもの何かない？」と頼んだ。

「冷凍したご飯しかないわ。お米は研いで炊くばかりになっているけど」

「いいわ、その冷凍ご飯頂戴！　牛乳はある？」

「あ、あります。半分くらいだけど」

「じゃあ牛乳も頂戴」

「そんなに急いでどうしたの叔母さん」

「タイミングなの。とにかくありがとう、幸保ちゃん」

絹子は急いで裏口に戻り、ボールに冷凍ご飯を移し、バターを一匙こそぎ入れ、牛乳ををドボドボっと流し込み、レンジに入れた。

その間に帆立の缶詰を切り、チーズと一緒にレンジのボールに追加し、冷蔵庫かららっきょう漬けを出して小皿に盛った。

あっという間にいい香りの絹子特製〝西洋おじや〟ができあがった。

「お待たせいたしました」

「なにしろ私は昨日から何も食べていないもんで、これはどうもシュミマセンね」

来るべきものが来てしまったんだわ。絹子は大きく溜め息をついた。

幸保が入って来て、「間に合ったみたいですね叔母さん」

「そうなの、助かったわ。ありがとうね、幸保ちゃん」

「叔母さん、叔父さん凄い勢いで食べているわ。まるで野性のナンカみたいよ」

「ほんと、『私は昨日から何も食べてないんです』って」

「まあっ！　そんなことを？」

「ある種の病気の特徴なの。これからますますひどくなるでしょうね」

「幸保、今、真実さんに電話したの。真実さん、明日と明後日、学校休むって。休暇をとって、叔父さんを専門病院にお連れしようって言うの」

「ありがたいわ。何から何までお世話になってしまうわねぇ」

「叔母さん、お夕食、どうします？　ご飯だけはいっぱい仕込んで、いまスイッチを入れてきたのですけど」

「ありがとう。いろいろな物が品切れだから叔母さん一走り行って来るわ」

「お気をつけて！　いっぺんにお買いにならないほうがいいですよ。カートを曳いてらしてね。お帰りになるまで幸保、ここにいますから」

絹子はつくづく姪夫婦に感謝している。幸保の夫、東山真実もいつも平らで、誠実で「叔父さん、叔母さん」と慕ってくれるのでまるで実の息子のように思える。

急に二日間の休暇をとることになった真実が、「二日間空ける分の課題を作って来ました」

たので遅くなりました」と言って、帰って来たのが九時過ぎだった。

「叔母さんお帰りなさい。お帰り早々驚かれたでしょう」

「障子をみんな破いてしまった話を電話で聞いていたから、ある程度は覚悟していたけど、私のこと、まるっきり認識できないの。『そちらさん』ですって！　ほんとのほんとにわからないのか、承知の上でわざと言っているのか？　わからないわ」

「僕は、わざとではないと思いますけど……。叔母さん、これ、この写真が障子破きのシーンです。ハンカチ、タオル、靴下、ネクタイなどが見事にぶら下がっているでしょう」

「本当ねえ。夜なか中セッセ、セッセとやっていたのかしら？　それにしてもすごいことを思いついたものねぇ」

「あまりにも奇想天外なので、僕も幸保も驚きました」

「先ほど見たら、障子の桟まできれいに拭いてあって、幸保ちゃんお掃除しておいてくださったのね。ありがとう」

「幸保の知らせで僕が行って、『叔父さん、干したものよく乾いたから取り込みましょうか？』とお聞きしたら、『うん、そうだね』と、とても素直に箪笥に仕舞われました。きっとグッチャグチャになって入っていると思いますが……」

「叔母さん、叔父さんはね、『マサミ君、マサミ君』とおっしゃって真実さんが一番いいみたいなの。まるで幼稚園の園児さんみたいに真実さんにまつわりつくんですもの」

「幸保、まつわりつくって言うのは良くないよ」

「そうでした。ごめんなさい」

「うーんいいのよ。叔母さんにもその状況がよくわかるから」

「それでですね、明日の病院行きですが、うちの学校の校長先生の娘婿さんが神経内科の医者をしているそうで、そこの病院に行ってみたら？　と勧められたのですけど、そこで宜しいでしょうか？　宜しいようでしたら僕、校長に電話することにしてきたのですが」

「ありがたいですねぇ。宜しくお願い致します」

「叔母さん、叔父さんが待っていらっしゃるから、叔母さん家《ち》へ移動しましょう。そのうちに真実さんの打ち合わせも済むでしょうから」

「そうね、そうしましょう」

両家は、互いの勝手口と勝手口とを接近させて建ててあるために出入りがすこぶる早い。後から真実も入って来て、

「叔父さんただいま！　お変わりありませんか？　あのね叔父さん、この人、誰か覚えていらっしゃいませんか」

と絹子のほうを手差しした。

「?………」塚越は困ったふうな顔をして真実を見上げた。

「叔父さん、叔母さんはどうなさったんですか?」

「?………」

「つまり、叔父さんのお連れ合いさん。奥さんはどうなさったんですか?」

「私の奥さんですか? 私の奥さんは大分前に亡くなりました。去年三十何回忌とかいうのをしましたよ」

「あぁ、そうだったんですか。この人はね………」

「マサミ君、思い出しましたよ。この方はマサミ君の〝富山のお姉さん〟ですね」

真実の実家は〝富山〟だったので、絹子、真実、幸保の三人は互いに目を合わせて驚きの表現をした。

「そうよく覚えててくださいましたね。叔父さん、これから当分の間、この姉が叔父さんの身の周りのお世話をしますからね」

「お姉さん、それはどうもシュミマセンね」

「叔父さん、僕も後二年で定年退職になりますから、叔父さんにはうんと元気になっててもらわないといけないんですよ。退職したら、叔父さんとお約束している日本一周の旅行に行くんですからね」

「北海道にも行くの？」

「えぇ、そうですよ、僕と幸保と、このお姉さんにも一緒に行ってもらいましょうね」

「……？」

「それでですね叔父さん、明日、東京の病院に僕とご一緒してくださいませんか？　糖尿病と肝臓病と、腎臓病をよーく調べてもらっておきましょうよ。叔父さんはいま三つの病気にかかっておられるから、僕、心配で心配で、たまらないんですよ。明日の朝、僕と幸保がお迎えに来ますからね」

「電車で行くの？」

「いいえ、僕の車で行きましょう」

「それじゃぁ、握り飯をいっぱい持たないといかんな」

絹子のことを〝マサミ君のお姉さん〟と思い込んだらしいので、東京の病院行きは、真実夫婦に任せることにした。

そのため絹子は塚越の病歴、いま飲んでいる薬、それに塚越の両親の死亡年齢、死亡したときの病名、兄姉妹がかかった既往症などと、かつて聞いていた限りのことをメモし、明朝、真実夫婦に手渡せるように準備した。

「握り飯をいっぱい持って行く」と言っていたので、忘れていなかったときの用意に、ご飯もたっぷり炊けるようお米もいつもの倍の量を洗ってザルに上げた。

お風呂に入り、ベッドに入ったときはもう夜中の十二時を回っていた。

今日一日の変化はめまぐるしかった。

朝、鹿之屋さんをチエックアウト↓バスで松本へ（明さんが待っていてくださってブレスレット受け取り）↓松本駅六番線ホームで交換儀式↓篠ノ井線で長野駅↓善光寺様↓長野駅↓大宮駅で乗り換え↓五時帰宅↓塚越の記憶混濁↓〝神経内科行き〟の打ち合わせ。

「あっ、いけない！　大事なブレスレットと、結んだハンカチ、それにお箸も！」

絹子はベッドから飛び起きて裁縫箱を持ち出し、ベッドカバーの裏側に葉書三枚ぐらいの大きさの布を当てて縫い着け、〝ポケット〟を作った。そこにトリミイロードでの〝結んだ大事なハンカチ〟を入れ、入れた口も全部縫って閉じてしまったから、おそらく誰にもわからないはずだ。

ハンカチを入れたポケットの位置は絹子の胸の辺りになるようにした。

(今夜から　明さんが　いつも　私の胸に　一緒にいてくれる!)


列車が大宮に近づいたとき、「今度会うときまで」と言って交換し合って持って帰った明のブレスレットは、ベッドにつくりつけになっている枕元の飾り棚の中央に入れ、「明さん、いつも、ここにいて絹子のことを守っていてくださいね」と独言した。

そしてお箸を台所の箸立てに収めてきた頃はもう、明け方近い夜になっていた。


塚越はリビングを隔てた自室で、天下泰平の大いびきをかきながら眠っている。

塚越の血糖値はいつも二三〇前後で、二〇〇を下回ったということはあまりない。

HbA1cは八・五以上で九を超すことも多い。再三警告を受けているのに、どこ吹く風か?　と意にも介さないからふらっと出掛けて行っては食べたいものを食べて来てしまう。カロリーが低くてボリュームがあり、見栄えもよくて、うす味で美味しい料理作りをいつも心掛けているのに、鰻やてんぷら、大トロなどを何時の間にか出掛けて行っては外食して来てしまうから絹子もお手上げ状態だった。


午後になって幸保から電話がかかってきた。

「叔父さんあまりにも悪いところが多いので、入院して検査したほうがいいんですって」

「やっぱりそうだろうと思っていたの。それで帰らずに即入院?」

「ベッドが空き次第だそうです」

「そう、それじゃあ今日はとりあえず帰って来るのね」


帰宅してきた塚越は「どこも悪いところはないそうだ。診察なんか簡単に終わってしまったよ」と言って履いていた靴下を、まるで引き千切るようにして脱ぎ捨てた。

絹子はハッと息をのんだ。両足とも小指と中指が黒く変色しているではないか……。

「壊疽《えそ》だっ!」

翌朝、ご飯を食べ終えた頃、隣から、

「おはようございます。叔父さん、昨日はお疲れになったでしょう?」と真実が入って来た。

「いいや、腹が空いて腹が空いて、困った困った」

「真実さんごめんなさいね。こういう状態なの」

「叔母さん気にしないでください。病気が言わせているのでしょうから」

「マサミ君、将棋をしよう」

「はい、将棋しましょう。叔父さんはいつもお強くて私はもう適いませんよ。それではまた新しい一手をご伝授ください」

「真実さん、悪いですねえ。ベッド空き待ちだと、今日は学校へ出られたほうがよかったのでしょう?」

「いいえ、こういうことは初めてですから、今日は一日中叔父さんにお付き合いしてみます。叔母さんは入院準備のお買い物などなさって来てください」

「そお！　それではお言葉に甘えるわね」

「真実さん、叔父さんしっかりと将棋さしているの？」と小さな声で聞くと、

「叔母さん、悪いけどメチャメチャなんです」と真実が肩をすぼめた。


待つこと一週間、やっと病院から『ベッドが空いた』との連絡があり、真実の上手な説得が効を奏し、思っていたほどの抵抗もなく、すんなりと入院を承諾した。

入院のときはどんな騒動を巻き起こすか、と絹子は気が気ではない毎日を過ごしていたのに、病院に着いたら人が変わってしまったようにおとなしくなってしまい、『最初のうちは個室で』と案内された病室内でも、一緒についていってくれた幸保に向かって「どうもシュミマセン、どうもシュミマセン」とシュミマセンを連発しているのだ。

『自業自得よ！』と思う気持ちのほうが多かった絹子だったが、この姿を見て、人の一生の『憐れ』と『滑稽さ』が綯《な》い交ぜになったものを見た。

塚越は昼食も美味しそうに残さず食べて、午後は皮膚科の先生、呼吸器専門の先生、内分泌科の先生などのご指示も仰いで明日からの検査項目がびっしりと立てられた。
大分疲れてきた様子の塚越が、夕食が終わると早々に眠り始めてきたところを見極めて、絹子と幸保は病院を引きあげて来た。

「幸保ちゃん、今日は本当にありがとう。一緒に行っていただいて心強かったわ。真実さんが帰られた頃、お礼に伺うわ」
と言って幸保と裏口で別れて自宅に入った絹子は、いつもの習慣で真っ先に電話のところへ行くと留守電も点滅しているし、ファックスも届いていた。

ファックスのほうをまず切り取って手にすると、

塚越長榮
ご夫妻様

榎原光一

塚越絹子

父、榎原明が本朝、四時二十六分。突然　旅出ってしまいました。

………………………………………………………

…?…?…?………?………?………絹子は後を読み継ぐことができない――。

(明さんが亡くなった)

(まさか?)

(明さんが亡くなった)

(いいえ、これは、嘘よ)

(ほんとなの?　明さん!)

(嘘よね。嘘に決まっているわ)

(………、………………)

「叔母さん!　叔母さん!　どうしちゃったのよっ!　『うちの人、帰って来ましたっ』って、さっきから声をかけているのにいー」

と言って幸保が脇に立っていた。

絹子が手にしているファックスを覗いた幸保が、「叔母さんっ、大事なお知り合い？」

絹子が大きく頷くと、

「――このファックスご覧になり次第、恐れ入りますがお電話くださいーって書いてあるけど、叔母さんお電話したの？」

絹子は首を左右に振った。

「叔母さんっ、駄目じゃないの。お電話しなくてはっ！」

絹子はまた大きく頷くだけだった。

「叔母さん？　もしかして？　声が出ないの？」

絹子はまたまた頷いた。

幸保は隣の自宅に戻り、夕食中だった真実を伴ってまた引き返して来た。

真実はファックスを素早く読み取り、

「叔母さん、僕が代理でお電話しますよ。宜しいですか？」

絹子は頷きながら真実に頭を下げた。

「でも、電話の前にメッセージが入っているかもしれないから、それをまずお聞きしてからのほうがいいかもしれませんね」

絹子と一緒に幸保も頷いた。

『初めまして、私、榎原光一と申します。ご存じの榎原明の長男でございます。突然のお電話お許しください。実は父が今朝急死してしまいました。『私に万が一のことあればお知らせする方々』と書いた名簿が出てきまして、その名簿の筆頭に塚越ご夫妻様が書かれてありました。実は私、初めて知ったお名前でして、母も知らないお方だと申しております。

父とはどのようなご関係のあられたお方かお聞きしたく、大変失礼なのですがお電話致した次第でございます」

「叔母さん、お聞きになったでしょう?」

「向こう様はお待ちになっていらっしゃるわ」

絹子は頷いて、メモに、

「明様が四十八年ほど前に手に大怪我をなさったときの職場の同僚です」と書いた。

「私、留守電メッセージとファックスを頂戴いたしました塚越長榮夫妻の甥の、東山真実と申します。叔父たちとは同じ屋敷内に住んでおりまして、いま私の脇に座っております叔母の絹子の代理でこのお電話を差し上げております。

この度はさぞかし驚かれたことでございましょう。叔母ともどもにお悔み申し上げます。

実は、叔父の長榮が今日入院致しまして、付き添って行った叔母も過労でダウンしながらいま、帰って来たものですから代わってお電話差し上げている次第です。

お父上様とのご関係は、お父上様がいまから約五十年近く前に手に大怪我をなさったとき、同じ会社で、同じ職場にいた、同僚同士なのだそうです」

「そうでしたか、父は手の怪我のことについては、母にも語ろうとはせず、子供の私たちも、触れてはいけないことのように思えて、何も知らないままでした」

「お父上様はそのことを、長いこと気になさっていらっしゃったのでしょうね」

「だから最近書き直したと思われる、この名簿の第一順位に、塚越長榮・絹子ご夫妻様と記しておいてくれたのだと思います。几帳面だった父らしい遣り方に息子として感銘を覚えます。一生懸命に生きてきた《父の最後のメッセージ》のようです」

「お取り込み中でしょう、御通夜、お葬式のお日取りがお決まりになられましたら、またファックスをお送りください。叔父は入院中ですが、叔母はそういうことでしたら必ず参れると存じます」


「幸保の蒲団をここへ運んでくるから、今夜は叔母さんの横についてて差し上げなさい」

と言う真実の思い遣りをありがたく固辞すると、

「それなら、お風呂場で倒れたりしたら大変だから、叔母さんがお風呂を済ますまではいて差し上げなさい」

と幸保に言い残して、真実は隣の自宅へ戻って行った。

絹子は夢を見ている錯覚に何回も囚われた。

（明さんとお会いしたっていうのは夢のなかの出来事だったのかしら？）

（いいえ、夢ではないわ）

（ブレスレットだってこうしてちゃーんとあるじゃないの）

（明さん、ご自分の〝死〟を予見なさっていたのかしら？　最近になって名簿を整理して書き替えられたということは……）

（ご長男が『父らしい遺り方です』とおっしゃっていた）

（母や、子供の僕たちに対して『父の最後のメッセージ』のようです。と、ご長男はじめ、ご家族は純粋に受け止めてくださっている）

絹子はあらためて明さんという人の思慮の深さ、気配りの大きさを知った。

（自分に万が一のことが起きた場合、絹子への伝達方法として〝名簿書き替え〟を選び、実行しておいてくださった）

絹子は涙が止まらなかった。

（明さん！　ご長男の光一様から、確かに、『お知らせ』をいただきましたよう）

（明さん！　こんなに悲しんで泣いている絹子の姿、見えますかぁ）

絹子は鹿教湯温泉で明さんに巡り合ってからの〝あの場面〟〝この場面〟を思い出しているうちに、ドキッとしたり、イヤーな胸騒ぎを覚えた場面があったことを思い出した。トリミイロードでは、「僕たちにはもう時間がなくなった」という言葉にギクッとした絹子が、「今日の時間が？　それとも、これからの時間が？」と聞いたとき明さんは、「両方とも」とお答えになった。

翌日、松本に二人で行ったときには、松本駅が見えてきた辺りで、「もう今日のような日、二度と来ないかもしれないし……」とおっしゃった。

そして、ほんとうに最後になってしまった、いまからたった八日前、長野駅始発の列車に乗り込む寸前、「慌ただしかったけど、旅最後の名残の蕎麦を一緒に食べることができた。僕はもう何も言うことなし！」とおっしゃっていた。旅最後もいまにして思えば暗示とも思える。それに〝名残の蕎麦〟とおっしゃったのも何か変であった。

絹子はまんじりともせずに一夜を明かした。

「おはようございます。叔母さん、大丈夫でしたか？」

絹子は首を小さく小刻みに上下した。

「まだお声が出ないようね。叔父さんが難しいお病気で入院なさった同日の訃報ですもの。叔母さんのショックが大きかったのよねぇ。幸保だって、真実さんが入院し、それと同じ日に他所からお葬式のお通知をいただいた、と仮定してみたら昨夜の叔母さんのようになってしまうかもしれないわ。『うちの人も続いてどうにかなってしまうのではないか』って不安になって不吉な捉え方をしてしまうでしょ」

（幸保ちゃんありがとう、でもその解釈は私の場合は違うの）

（なるほどねえ、幸保ちゃんたち、そんなふうに思って心配してくれていたのね）

（叔母さんはね、入院した叔父さんに不吉だから……なんて考えは微塵もなかったのよ）

（それはね、誰にも、幸保ちゃんにも、カクカクシカジカと説明のできないことが叔母さんにはあるからなのよ）

（永遠の秘密として、叔母さんは封じ込めたいの）

絹子は《声が出ない》という手段をとってくださった神様に、感謝すべきだと思った。

「叔母さん、お声が出なくては今日の病院行きは無理よ。叔父さんのところへは、幸保が一人で行って来ますからね。大事にしてお休みになっててね」と言いながら、幸保は一旦自宅へ戻って行った。

絹子はこういうときにいつも思い出すのが、亡き両親のことと『ご縁があるのです』とおっしゃって絹子を新設する会社に破格の待遇で迎えてくださった、O社長のことである。

（O社長にはこの間の〝目の手術〟のとき、わざわざお見舞いをいただいたのに鹿教湯保養から帰って来て、まだご挨拶にも伺っていなかったわ）

（昭和三十年の暮れ、荒れ放題の竹藪の話を持って来られたときからのお付き合い以来、塚越さん、塚越さんと満幅のご信頼をいただきとおしたO社長も今年

の春、目出度く、卒寿の祝いをなさっている）

（うんと、うんと、長生きしてくださいね）

（大型スーパーマーケットができ、信用金庫や銀行が支店を張り、美容室に理髪店、クリーニング店。和・洋・中華の食堂も揃い、いずれも美味しさを競っている。この変わりようには、浦島太郎だって腰を抜かすわ）

（買って置きなさい。きっと絹さんのためになるから、と薦めてくれた両親の恩）

絹子は生涯に亙り決して忘れてはならないもの、として心に刻んでいる。


百坪の土地は決して広いほうではないが、長姉の娘である幸保が東山と結婚して空いていた部分に家を建て、〝尊敬し愛〟〝扶け愛〟〝信じ愛〟という、お互いに育ててきた〝人間愛〟を開花させているのである。

亡き母の物差し、『すべて縁と運から生まれるのよ絹さん』は、明治女の名言だった。と、しみじみ思う絹子である。

農家で、元、竹藪の所有者だった裏の家の方々にも本当によくしていただいて、「うっとうしいでしょうから」とおっしゃられて地境の大きい木を切り払い、絹子の家に面した方には蕗を、東山の家に面した方には茗荷《みょうが》を植えてくださり、「そちらの敷地に這入り込んだのはもちろんのこと、こっちのほうのもいくらでも採っていいからね」と、季節になると声をかけてくださる。

O社長は絹子が作って差し上げる〝蕗の薹の蕗味噌〟が大好物で、「これでまた長生きできる」と相好をくずして毎年、心待ちして喜んでくださっている。

蕗の季節が終わり、茗荷が生え始まると、てんぷらにしたりもするが、なにしろ大量に生えてくるので正月まで保《も》つ酢漬けや味噌漬けに加工しておいたものを暮れにお届けすると、〝自然食、自然食〟と、O社長ご一家挙げて喜んでくださるのだ。

そうしたものを作る度に絹子は母を思い出し、この頃は指の関節の曲がり方などまで母にそっくりになってきたなぁ……と感慨無量になってしまう。

「叔母さん、それでは、幸保、叔父さんのところへ行ってきますね。家のほうは戸締まり、火元点検、よーく見てきましたけど、叔母さんのところもしっかり鍵掛けて、誰が来ても絶対に出ては駄目よ。何か大変なことが起きたら、茗荷畑を伝って、長谷川さんのお宅に逃げ込みなさいね。長谷川さんのところはいつだって誰かしらいらっしゃるから。それから、電話も必ず〝留守電〟に切り替えておくのよ叔母さん」

絹子は何回も大きく頷きながら手を振って幸保を見送った。

(それにしても幸保、亡くなったまつ姉さんそっくりになってきたこと！　やっぱり親子なのねぇ。まつ姉さんも、両親がいなくなった後はことさらに『うるさいなぁ、もう』と思うほど細々と気を遣ってくれていたっけ。

〝親〟と〝子〟というのは、このようにして知らず知らずの間に受け継がれて似てくるものなのねぇ。私のこの指の恰好もそうなんだわ)

(茗荷畑を伝って逃げ込みなさい！　ですって)

(まるでまつ姉さんが言っているみたい……ウフフゥ)

アラッー　ウフフゥだって！　声が出たわ！

「ウフフゥーって声が出たのよ！　私」

まつ姉さん・幸保ちゃん、ありがとう！

絹子は思わず両手を合わせていた。これでもう元の私に戻れるわ。しっかりしなくては、明さんの〝お通夜〟にも〝告別式〟にも行かれなくなってしまうもの……。

間もなくファックスが入ってきて、明日のお通夜の時間、明後日の告別式の時間、斎場への地図がわかりやすく書かれていた。

また溢れてきた、涙・涙・の合間に黒のワンピースを取り出してハンガーに掛け、黒のハンドバッグを出し、黒の靴は念入りに磨いて玄関に揃えた。

持ち物を揃えながら、わずか半月前には明さんと一緒に松本行きのバスに乗り込む嬉しさのあまり、鹿之屋さんの部屋の入り口に朝早くからカメラやポシェット、帽子などを並べて待ち遠しい時間を過ごしていたことを思い出していた。

たった半月前のことが、劇場の場面変わりのようにこんなことに変わってしまうなんて……絹子は玄関の踏み板に腰を掛けたまま動けなかった。

「幸保ちゃん、叔母さん少しずつだけど声も出るようになって来たから、今日は私が病院に行くわ。幸保ちゃんも毎日では疲れが出ちゃうし、叔父さんの病気はきっと長くなると思うの。今から全力投球してると息切れしてしまうから、今日は叔母さんが行って、その辺のところを看護婦さんや、お医者様とよくお話ししてくるわ。そして帰りに榎原様のお通夜に回ってくるわ」

「ええっ！　大丈夫なの？　叔母さん！」

「大丈夫。昨日ゆっくり休ませていただいたからもう大丈夫よ。『富山のお姉さん』の底力よ」

「幸保、叔母さんに逆らわない。くれぐれもご無理なことは避けてくださいね」

絹子は靴とハンドバッグは黒で、黒靴下と黒のワンピースは、くるくるっと丸めて小さくして持ち、心配気に見送る幸保にわざと何気なく振る舞いながら家を出た。

テントも幾張りも張られて、盛大なお通夜になっていた。

絹子は暗い場所に立ち、静かに読経の流れてくるのを、心を落ち着かせて聞き、一般の人と同じようにお焼香をして帰って来た。

そして、翌日、いよいよ永遠の別れを告げる、告別式当日が来てしまった。

絹子は明さんのブレスレットを手に付けて行きたかったが、ご葬儀には似つかわしくない身なりになる。と考えて、ポケットの付いているセミロングのスーツに着替え、左側のポケットに明さんのブレスレットを忍ばせた。

（これなら誰にもわからないし、何気ないふうをして押さえていられるわ）

（一昨日、『塚越でざいます。夫の長榮が昨日入院致しましたので、明様の御告別式には参れない状態でございますが、私が必ず伺わせていただきます。

私も川口のB・M社に勤務しておりまして、明様が手にお怪我をなさったとき居合わせた者です。したたり落ちる鮮血がいまでも目に焼きついております。ご逝去の

お知らせに言葉を失いました。　塚越絹子　拝』として送信しておいたファックス、
　ご家族の方、ご覧になっていらっしゃるかしら？）

斎場に着いた絹子はその参列者の多いのに驚いてしまった。

受付も何組もの方々が幾手にも手分けされて、粛々と運ばれている。

絹子は人々の後ろについて並び、順番が来たので住所を書き、塚越長榮・絹子と書き込むと、

「塚越絹子様でいらっしゃいますね？　喪主から、『塚越絹子様がお越しになられたら必ずお席までご案内をするように』と、受付の者全員に伝言されておりますので……」

と言われさらに驚いた絹子は、係りの人の後ろについて行くと、親戚御一同様と通路で右と左に分けられた御参列御一同様の最前列、第一番目の席に向かって、

「こちらのお席にご案内するように、と仰せつかっております」

とのことで、絹子はまたまた驚くばかりで腰を下ろせなかった。

「あのー、塚越絹子様でしょうか？　私、榎原明の長男で本日の喪主を務める光一でございます。ファックスを拝見いたしました。ご主人様ご入院中なのに本日は父のために誠にありがとうございます」

「謹んでお悔み申し上げます。このお席はもったいのうございます。替えていただけませんでしょうか？」

「いいえ、いいえ。このことは『語らずして語る、父の遺志』だと思い、このようにさせていただいたのでございます。どうかお座りになってくださいますようお願い致します」

そして、

「明の妻の卓枝《たくえ》でございます」

「娘の康枝《やすえ》でございます」

「光一の妻の碧《みどり》でございます」

と、次々にご挨拶に見えられた。

やがて導師のご入場となり、告別式が始まり、絹子は思いもかけない最前列の真ん中というお席から、祭壇の人となってしまった明の遺影を間近にして心のなかで話しかけていた。

(松本城をバックに撮った明さんのお写真、まだ現像に出してなかったの)

(まさか、まさか、こんなに早く、お別れだなんて……)

(明さん、明さんのブレスレット、いま、ここのポケットのなかにあるのよ)

(ブレスレット、交換しておいてほんとに良かったわ)

(再会した日、松本へ行った日、燦々旅行の長野。私たち、三日間とも、全部お蕎麦だったわねえ。美味しかったわねえ)

(あの道で、あの階段で、お話ししたこと、ぜーんぶ覚えているわ)

ポケットに秘めている、明のブレスレットを上から押さえながら、遺影に向かっての語りかけは尽きなかった。

いつしか友人代表、国鉄ＯＢの方の弔辞が始まっていた。

「おーい、えのよぉー、どうして、こんなに早く逝ってしまったんだよぉー、たった半月前、一緒に信州旅行に行って、また近いうちに京都方面に行こうよ。って約束したじゃないかー。えのの道案内はいつも抜群だったから、みんなで楽しみにしてたんだよ。それなのにさっさと、一人で、勝手に、逝ってしまってさぁー。それともなにかい？　そっちの国の下見に行っているのかい？　下見が終わったら、早く戻って来いよぉー。

そう言えばえのよ、お前さんはさっさといなくなるのが、好きだったなぁ。大きいプロジェクト、何回も組んだけど、完成して、さあー祝杯に繰り出そう！　とすると、お前さんは、いつも、いつの間にか、いなくなっていた。

さっさと奥方のところへ帰っちゃっていたんだよなぁー。

お前さんは家庭を大事にする男だったなぁ。俺たちの語り草だよ。

今度はなにかい？　何のプロジェクトが終わったんだい？

よっぽど大きなプロジェクトでも完成したのかい？

またもやさっさといなくなっちゃってさ。今度の行先は、お父上、お母上のところだろ？

えのよぉー、迷わず、真っ直ぐ行けよなぁー」

絹子は弔辞のなかに盛られた、〝大きなプロジェクトの完成〟の意味について、頭《こうべ》を垂れ、ポケットのなかの明のブレスレットに触れながら噛み締めているのであった。

告別式も最後となって喪主のご挨拶に入った。

奥様、遺影を持たれたご長女、そのお連れ合い様、ご長男のお連れ合い様と前列に並ばれご挨拶が始まった。

「えっ、えっ、えっ」…………絹子は立っているのがやっとになった。

「あっ、私のっ」と危うく叫びそうになったのをとっさに自制したからだった。

「温かいよ、絹子さん」と言って、あのとき、明が内ポケットにしまった〝絹子のブレスレット〟が、卓枝夫人の抱く〝白木の位牌〟に掛けられて燦々と輝いているではないか。

ご長男のご挨拶がしっかりとした口調で始められた。

「みな様、本日はまだ残暑去りやらず、天候も定まらない折、父、榎原明の告別式にご参列いただきまして誠にありがとうございます。

父のために、このように大勢の御方々がお参列くださいましたことは、息子としては想像もできませんでした。

みな様もご承知のように、私の父は左手の指二本を失っておりました。父はどうして指を失ったのかについて、母にも、子供の私たちにも一切語ろうとしませんでした。

本日は、約五十年前、父が機械に巻き込まれて指を粉砕してしまったその事故の際、側に居合わせられたというお方にもお越しいただいております。ありがたいことで、深く感謝申し上げます。さぞかし、父も、過ぎ去った遠い昔を懐かしんでいることと思います。

父の死亡はアッという間の出来事で、まだ実感が湧いて参りません。

しかし、先ほどのご友人のご弔辞にもありましたように、半月前の信州旅行から帰った後、父は不思議な振る舞いをするようになって、毎日、旧知の方々に電話をしたり、手紙を書いたり、名簿を書き直したりしており、合い間、合い間には墓参りに出掛けていました。あまり度々墓参りに行くので、訝しく思って尋ねたところ『報告することができたんだ』と申すだけでした。

亡くなる一週間前には朝早く家を出て、『長野の善光寺様へお参りに行って来た。これは、長野で求めて来た私専用の〝お数珠〟だ。私にもしものことが起きたら、〝位牌〟に必ずこの数珠を掛けておいてくれ』と言って渡されたのが、なんと驚いてしまいました。プラチナのブレスレットだったのです。

父は重ねて、『これでもう安心だ。このお数珠があれば安らかになれる』と申しまして、ブレスレットを位牌に掛けた〝絵〟まで描いて見せて、私に頼んだのです。

父の願いを実行致しましたのを、いま、母が胸に抱いております。

みな様、在りし日の父を偲んでください。私は良い父を持ちました。ひたすらに誠実・実直をもって生き抜いた父でした。

私は父の後ろ姿から教えを受けました。

いま安らかに旅立つ父の真似事をしながら、これからも母を守り、家族一同仲良く暮らしてまいります。

本日は誠にありがとうございました」

絹子は、ここにも親そっくりな子を見出した。

絹子のブレスレットは誠実なこの子らによって、いついつまでも明の位牌に輝き続けるだろう。

「温かいよ。絹子さん」

と言いながら。

完

著者プロフィール
斉藤　とみ（さいとう　とみ）

昭和４年３月13日生まれ。
茨城県つくば市出身。
前著　夜明け前の福祉・『雨の中の土下座の記録』
前著　斉藤とみ　新句　集

趣味　墨彩画（日本自由画壇　壇友）
　　　ひとり旅

ブレスレット

2002年1月15日　初版第１刷発行

著　者　斉藤 とみ
発行者　瓜谷 綱延
発行所　株式会社 文芸社
〒112-0004 東京都文京区後楽2-23-12
電話03-3814-1177（代表）
03-3814-2455（営業）
振替00190-8-728265

印刷所　株式会社 フクイン

ISBN4-8355-3122-1 C0093